KB261614

오독

김종회

경남 고성에서 태어나 경희대학교 국어국문학과를 졸업하고 동 대학원에서 문학박사 학위를 받았으며 경희대학교 국어국문학과 교수로 재직 중이다. 1988년 《문학사상》을 통해 문학평론가로 문단에 나온 이래 활발한 비평 활동을 해 왔으며 《문학사상》《문학수첩》《21세기문학》《한국문학평론》 등 여러 문예지의 편집위원과 주간을 맡아 왔다. 현재 한국문학평론가협회와 국제한인문학회의 회장으로 있다. 김환태평론문학상, 김달진문학상, 편운문학상, 유심작품상, 한국문학평론가협회상, 시와시학상, 경희문학상 등을 수상했으며 평론집으로 《위기의 시대와 문학》《문학과 전환기의 시대정신》《문학의 숲과 나무》《문화 통합의 시대와 문학》《문학과 예술혼》《디아스포라를 넘어서》 등이 있고 그 외 다수의 저서가 있다. 사단법인 일천만이산가족재회추진위원회 사무총장, 통일문화연구원 원장 등을 맡은 경력과 관련하여 북한문학과 해외동포문학에 대한 학문적 관심이 많으며 그 결과로 《북한문학의 이해》(전 4권) 및 《북한문학 연구자료 총서》(전 4권)와 《한민족 문화권의 문학》(전 2권) 및 《해외동포문학 전집》(전 24권) 등을 엮은 바 있다.

김종회 산문집

오독

1판 1쇄 발행 2011년 9월 26일
1판 4쇄 발행 2013년 10월 25일

저작권자 ⓒ 2011 김종회
이 책의 저작권자는 위와 같습니다. 저작권자의 동의 없이
내용의 일부를 인용하거나 발췌하는 것을 금합니다.

발행처 문학의숲
발행인 고세규

신고번호 제300-2005-176호
신고일자 2005년 10월 14일

주소 (121-896) 서울특별시 마포구 동교로13길 34(서교동 474-13)
전화 02-325-5676
팩스 02-333-5980

값은 표지에 있습니다.
ISBN 978-89-93838-16-9 03810

이 책은 한국도서관협회가 선정한 우수문학도서로
기획재정부복권위원회의 복권기금을 지원받아 무료로 제공합니다.

김종회 산문집

오독

誤讀

문학의숲

3. 문학의 숲과 사람

4. 경계를 넘는 길목

5. 시대와 역사의 들창

6. 내가 배운 문학론

문학, 내 오독의 역사

　문단의 말석에 이름 석 자를 올리고 비평가로 글을 써 온 지도 벌써 20여 년이 지났다. 내게 있어 글쓰기란 처음에 만만하게 시작했다가 날이 갈수록 어려워지는 상황에 처해 있으니, 아무래도 생각과 재능이 부족함을 탓할 수밖에 없다. 좋은 글은 그 글이 있음으로 해서 널리 사람을 편안하고 즐겁게 해야 할 것인데, 내 글은 여전히 눈만 높고 손이 뒤따르지 못하는 안고수비眼高手卑의 형국에 있다.

　모든 글쓰기는 필연적으로 읽기에서부터 출발한다. 그런데 모든 독서는 오독誤讀이고 모든 번역은 오역誤譯이라 주장하는 이들이 있다. 비평의 역사는 오독의 역사라고도 한다. 이때의 오독을 단순히 텍스트를 잘못 읽은 것이라고 받아들인다면, 평면적 사고의 틀을 벗어나지 못한다. 어의語義를 잘못 이해하거나 논리를 제대로 파악하지 못하는 것이 아니라, 깊이 있는 천착을 통해 작자의 의도를 넘어서는 사유의 광맥을 찾아낼 때 새로운 창의력이 발양될 수 있다. '창조적 오독'이란 바로 이러한 경우를 두고 말한다.

《존재와 무》를 쓴 사르트르를 비롯하여 포스트모던 시대의 자크 데리다에 이르기까지 서구의 사상가들이, 하이데거의 대표적인 저서 《존재와 시간》을 오독함으로써 오히려 독자적인 사상과 철학을 키운 사례가 예증이 될 수 있다. 물론 이러한 입체적 사고와 사상의 풍요가 작자의 본의를 무시할 수 있는 무례의 정당성을 확보하는 것은 아니다. 오독이 갖는 창조적 성격의 자유로움 또는 즐거움이, 자칫 원본의 의미를 훼파하고 넘어선 독선적 결론에 이를 가능성을 경계해야 옳다.

이 양자 간의 영역에 걸쳐 있는 외나무다리를 건너는 독서, 곧 오독의 역사가 있었기에, 예술가들은 자기만의 세계를 구성할 수 있었고 거기에 새로운 창조의 정신을 담을 수 있었다. 필자와 같이 일생 문학비평에 뜻을 두고 독서와 글쓰기를 수행해 온 비평가들도 마찬가지이다. 다만 우려하는 바는, 내 비평의 안목이나 기량이 창조적 오독에 이르지 못하고 그야말로 평범한 오독에 그치고 말지나 않을까 하는 데 있다.

이와 같은 논의에 비추어 볼 때, 이 산문집은 이를테면 내 문학에 있어서 오독의 과정을 있는 그대로의 화법으로 드러낸

고백록이다. 항차 문학에 국한해서만 그러할까. 지천명知天命의 중반을 넘어 이순耳順으로 이르는 세월의 고갯마루에서, 그윽이 바라보이는 내 삶의 모습 또한 그러하다. 수많은 시행착오와 경륜의 미흡이 글의 행간 곳곳에 배어 있으니, 글이 곧 그 사람(文如其人)이라는 옛말에 어김이 없다.

필자로서는 이 책이 두 번째 산문집이다. 1997년 《황금그물에 갇힌 예수》(국민일보사)라는 신앙 에세이를 상재한 이후, 논문과 비평문을 쓰는 틈틈이 텃밭의 소출처럼 얻은 글들을 모아 두었던 터이다. 각기 글의 주제에 따라 모두 6부로 나누어 실었고, 각기의 부는 그 소제목이 지시하는 바와 같이 내 삶과 문학의 상관성, 글쓰기의 내면에 담긴 풍경, 문학의 숲에서 만난 사람들, 문명의 경계에 선 마음의 빛깔, 시대와 역사에 대한 생각, 내가 배우고 익힌 문학론 등을 내용으로 한다.

내 삶의 오류와 내 문학의 오독을 담아 새롭게 세상을 바라보려 한 이 책이 나오기까지, 곁에서 함께해 준 모든 분들께 깊이 머리 숙여 감사드린다.

2011년 9월
고황산 자락 경희대 본관에서
김 종 회

1
나의 삶, 나의 문학

誤讀

영혼의 숨은 보화

매일 아침 신문을 받아 들면, 거기에 늘 정치나 경제의 얘기가 표면에 떠올라 있고 문학은 보이지도 않는다. 한 주에 한 번, 그것도 저 깊은 내지 쪽에 잘 숨어 있는 것이 문학 기사이다. 이를 바라보는 세상의 통념도 문학에 큰 비중을 두지 않는 현실을 대수롭지 않게 여긴다. 그렇게 문학은 우리 사회의 소수자에 해당한다.

그런데 이와는 생각이 다른 사람들이 있고, 알고 보면 그 숫자 또한 만만치 않다. 문학이 인간의 정신이나 영혼을 다루는 영역이므로, 매우 소중할 뿐만 아니라 우리 삶의 근본을 담당한다는 인식의 소유자들이다. 글을 쓰는 사람들, 문학을 사랑하지만 그것을 본령으로 삼고 있지 않는 사람들의 경우에도, 각기의 일 속에 진귀한 보화처럼 문학을 숨겨 두고 있는 사례가 많다.

기실 문학은 외형적으로 눈에 보이지 않는 상상의 세계를 바탕으로 축조된다. 그림자를 단순히 어둡다고 보지 않고 반사된 빛의 일종으로 볼 수 있고, 미래의 가능성에 대한 폐기를 인생에 대한 새로운 태도의 시발로 볼 수 있는 것이 문학이다. 이를테면 문학적 발상의 방식은 일상적 사고의 유형과 다르고, 또 달라야 문학적 창의력의 공간이 마련된다. 노스럽 프라이가 문학의 언어를 일상어 및 공용어와 구분하여 상상어라 언명한 것은 그 다른 방식의 언어를 지칭한다.

문학이 자유분방한 상상력의 텃밭에서 움트는 것인 만큼, 거기서 거두어들일 수 있는 수확은 여러 모양으로 볼품이 있다. 자기만의 작고 단단한 서재를 가진 문학가는 셰익스피어나 괴테, 도스토옙스키 같은 세계사적 문호文豪들을 그 서재의 초대 손님으로 모실 수도 있고, 때로는 스스로의 글쓰기를 돕는 조력자로 거느릴 수도 있다. 그들의 작품을 읽거나 외우는 도중에, 그리고 그렇게 습득한 문학적 정보를 스스로의 글쓰기에 원용하는 과정에 그러한 역사役事가 자연발생적으로 일어난다.

문학이 자유분방하다는 것은, 상상력을 발휘하는 문학 주체의 방종을 의미하지 않는다. 그것은 세계를 바라보고 가늠하는 문학의 다양한 시각, 동시대의 타자와 약자에 대한 정신적 온정주의, 더 나아가 길이 없는 곳에 새 길의 가능성을 예비하는 진보적 의식 등 다른 분야의 정신 활동으로 수행할 수 없는 문학만의 특징적인 성격과 그 적용을 말한다. 이는 그 활동의 종류가 많다는 것과는 상관이 없으며, 시각이 다양하다는 것은 각자가 가진 관점이 독창적 방향성을 갖고 서로 다른 입지점 위에 설 때 비로소 형성되는 개념이다.

우리가 가장 먼저 경계해야 할 점은, 이처럼 분방하고 다양한 문학을 한 우리에 가두려 하거나 하나의 통합적인 용어로 정돈하려는 시도이다. 문학은 그것을 정의하는 용어의 수량만큼 다기한 의미 체계를 가진다. 상상력을 근간으로 문학을 설명하는 신화문학론과 사회사적 구조를 중심으로 문학에 접근하는 문학사회학은, 문학이라는 이름 아래에서는 하나의 공통분모를 보여 주지만 그것이 실제의 읽기 또는 글쓰기에서 구현되는 각론에 이르면 전혀 다른 갈래로 전개되어 나간다.

문학은 늘 사소하고 무언가 모자라며, 수시로 갈팡질팡하거나 넌지시 도매금으로 넘어가려 할 때가 많다. 세상사 모든 데에 정확한 금을 놓아 셈하기를 원하는 이에게, 문학은 허황되고 못 믿을 품성을 지닌 자의 전유물이다. 그런데 어찌하겠는가, 그 불확실성의 자식인 문학에 명운을 걸고 문학으로부터 받은 소명에 일생을 투척하는 철부지들이 목전에 즐비한 사태를 어찌하겠는가 말이다.

뿐만 아니다. 가만히 귀를 기울여 들어 보면 그 문학의 눈먼

주의 주장이 세상살이의 연륜이 깊어질수록, 각박하게 보낸 어려운 날들의 교훈이 은연중에 가슴을 압박할수록, 그다지 틀린 언사가 아니라는 속살거림이 자분자분하다. 그래서 문득 그간의 이로理路 정연한 쟁론을 던져 버리고 문학 쪽에 손을 드는 이들이 발생하는 것이다.

그런 연유로 문학은 봄날처럼 젊은 날의 꿈이기보다는, 쓸쓸한 가을빛의 조명 아래 더욱 그 열매가 잘 영그는 운명적 존재 양식에 입각해 있다. 그렇게 아프고 슬프고 외로운, 그러나 끝까지 판도라의 상자 맨 밑바닥에 남은 소망처럼 꺼지지 않는 불꽃이 곧 문학의 다른 이름이겠다.

북창北窓에 깃든 동도同道의 벗

고등학교 2학년 때 만난 홍자성의 《채근담》은 내게 전혀 새로운 세계였다. 나는 이 그다지 무게감 없는 처세철학서에 경망하게 경도되었다. 그 가운데 다음과 같은 구절이 있다.

오얏나무 밑에서 갓을 바로잡지 말고 오이 밭에서 신발을 고쳐 신지 말라.

어린 마음에 참 그렇다 싶었다. 그런데 또 다음 구절을 보고는 이 책이 무슨 삶의 계시를 말하는 것처럼 느껴졌던 것인데, 내 부족하고 깊이가 덜한 글쓰기의 행적은 그것이 시발이었다.

보라!
천지는 조용한 기운에 차 있다. 그러나 모든 것이 쉬지 않고 움직이고 있다. 해와 달은 주야로 바뀌면서 그 빛은 천년만년 변함이 없다. 조용한 가운데 움직임이 있고 움직임 속에 적막이 있다.

이것이 우주의 모습이다.

사람도 한가하다고 해서 가만있어서는 안 되며 한가한 때일수록 장차 급한 일에 대한 준비를 해 두는 것이 좋다. 그리고 아무리 분주한 때일지라도 여유 있는 일면을 지니고 있을 것이 필요하다.

기실 삶의 완급을 조정하는 지혜를 가르친, 저 중국 명나라 말엽의 이 대중교화론은, 경학經學에 명운을 건 유학의 정명주의자正名主義者들에게는 외면당할 수밖에 없는 것이었으되, 당시의 필자에게는 알지도 못하는 상관없는 일이었다.

거기서부터 문장을 외우고 글을 쓰기 시작했다. 외우기로 하면 외울 시와 산문들이 즐비했고, 또 그렇게 외운 문장의 구절들은 글을 쓰는 펜 끝에서 여러 모양으로 되살아나 허약한 내 글을 부축해 주었다. 비단 글뿐이겠는가. 글은 곧 말이니, 말 속에도 암기된 문장의 조력이 마른 나무뿌리를 적시는 지하의 수맥처럼 흔연했다. 그 무렵 그렇게 외운 시와 문장이 3백 편을 넘었던 것 같다.

내 외우기의 발걸음이 한동안 머물렀던 곳은, 이백과 두보의 종횡무진한 시편의 집산지 당시唐詩의 세계였다. 이백의 다음 시 〈산중문답山中問答〉 가운데 '답산중인答山中人'은, 나로서는 끝까지 실현 불가능할 세속으로부터의 초절超絶이 어떤 것인지를 어렴풋이나마 짐작하게 했다.

문여하사서벽산問余何事棲碧山
소이부답심자한笑而不答心自閑
도화유수묘연거桃花流水杳然去
별유천지비인간別有天地非人間

누가 내게 묻기를 왜 푸른 산에 사느냐길래
웃고 대답하지 아니하니 그 마음 절로 한가롭구나
복사꽃 흐르는 물에 아득히 멀어져 가는데
별천지에 있으니 인간세계가 아니로구나

한때 고전문학을 공부하고 중국 한시를 전공해 볼까 고민을 했을 만큼, 이 시는 그 고운 무늬결과 웅숭깊은 존재감으로 내게 육박해 왔다. 그와 같은 들뜬 마음을 가라앉힐 수 있었던 것은, 우리의 옛글에도 그에 필적할 재능과 표현이 잠복해 있음을 발견하고서였다.

우헐장제초색다雨歇長堤草色多

송군남포동비가送君南浦動悲歌

대동강수하시진大同江水何時盡

별루년년첨록파別淚年年添綠波

비 갠 언덕 위에 풀빛 푸른데

남포로 님 보내는 구슬픈 노래

대동강 물이야 언제 마르리

해마다 이별 눈물 보태는 것을

언젠가 이 시에 대해 논하는 자리에서, 필자는 "이 시는 고려 시대의 천재 시인 정지상이 지은 〈님을 보내며(送人)〉라는 절창이다. 이별을 슬퍼하는 눈물이 얼마나 많이 대동강에 보태어지는지 그 강물이 결코 마를 리 없다는, 함축적 표현의 묘를 얻었다."라고 적었다.

이렇게 외웠던 글들은, 아직도 내 마음속 보고寶庫를 채우고 있는 재산 목록들이다. 선비의 글방을 북창北窓이라 하거니와, 이들은 거기 글 쓰는 동도同道에 참예한 귀한 손님들이다. 나는 나의 남아 있는 날들을 도리 없이 그리고 기꺼이 이들과 어깨를 겯고 살 것이다. 고단한 인생길 나그네의 길벗으로서, 이들보다 더 신실한 동역자가 어디 있겠는가 말이다.

가슴에 숨긴 작은 행복, 고향 생각

며칠 전의 일이다. 필자가 봉직하는 대학의 천여 명 교수들의 모임인 교수협의회 임원 선거가 있었다. 필자는 서울 캠퍼스(우리 대학은 서울, 수원, 광릉의 세 곳에 캠퍼스가 있다) 대표로 입후보하여 다른 두 분 교수와 치열한(?) 경선을 벌인 끝에 고맙게도 당선이 되었다.

문제는 필자가 당선이 되었다는 말을 하려는 것이 아니라, 그 선거 전 정견 발표를 통해 필자가 전체 교수들에게 말했던, 그리고 그로 인해 크게 호응을 얻어 당선에 결정적 영향을 미쳤던, 어린 시절 고향 학교에서의 회장 선거에 관한 것이다.

지금은 돌아가셨지만, 그때 필자를 자식처럼 사랑해 주시던 선생님께서 이렇게 말씀하셨었다.

"종회야, 네가 당선이 되면 학교에 좋고 네가 떨어지면 너 자신에게 좋은 일이다." 무슨 말씀이냐 하면, 네가 성실하고 열심히 하는 아이니까 당선되면 학생회 일을 열심히 할 것이고, 떨어지면 이것저것 걱정 없이 공부만 열심히 할 수 있지 않겠느냐는 것이었다.

그랬다. 그렇게 세상사를 인식하고 살 수 있다면, 이 얼마나 수지맞는(!) 세상살이의 방식일 것인가? 최선이 없으면 차선이 있는 것이며, 밝고 긍정적인 눈으로 세상을 보고 살면 그 사람 자체가 그렇게 밝게 변하는 것을 말이다.

그런데 그처럼 넉넉하고 풍성한 마음먹이의 방식을 필자에게 가르쳐 준 분은 이제는 고인이 된 고향의 선생님이셨지만, 보다 범위를 넓혀 포괄적으로 말하면 그처럼 지혜로운 삶의 태도를 가르쳐 준 스승은 곧 내 고향, 고향이었다.

돌아갈 고향이 없는 자는 불행한 존재이다. 필자는 대학원 석사 과정에 다니던 1983년, 그러니까 KBS 국내 이산가족 찾기 운동이 텔레비전을 통해 전국에 엄청난 감동의 물결을 일으키던 그때부터, 일천만이산가족재회추진위원회라는 사단법인의 사무처에서 20년을 일했다. 대학원 박사 과정을 마치고 경희대 교수로 부임하는 동안, 그 엔지오에서는 과장과 사무국장을 거쳐 사무총장으로 조직 운동을 했었다. 그러는 동안에 참으로 많은 월남 이산가족들이 떠나온 고향과 가족을 그리며 눈물에 찬 삶을 사는 것을 보아 왔다. 곧 돌아오마 손짓하고 떠나온 고향 산천, 문전옥답, 부모 형제…… 이 역사적 비극, 개인적 통한을 해결할 길은 너무도 멀었고 유수 같은 세월에 허망하게 나이만 늘어 천추의 한을 남긴 채 세상을 하직하는 사람이 늘어만 갔다.

저들이, 이산가족 일 세대들이 모두 세상을 떠나고 만다면, 이산가족 문제는 더 이상 해결할 필요가 없다. 텔레비전이나 라디오의 여러 매체에서 필자가 10년 후면 남북 이산가족 문제가 모두 해결된다고 수차 강조한 것은, 10년 후 일 세대들이 아무도 없을 때는 문제 자체가 그 시급성이나 심각성을 상실한다는 뜻이었다.

어머니가 없는 고향, 부모 형제가 없는 고향은 더 이상 고향이 아니다. 그렇다면 객지의 연로한 출향인에게는 고향이 고향이 아니라는 말인가? 아니다, 그렇지 않다. 그렇게 되면 그 고향 산천 모두가 어머니가 되고 가족이 된다. 그래서 북녘에 고향과 가족을 둔 실향민들이, 가족과 함께 고향 땅을 한 번이라도 밟아 보았으면 하고 일구월심 간망하는 것이다.

필자도 이제 지천명을 바라보는 이 나이에, 꿈속에서 고향 산천을 만나곤 한다. 마을 뒷산의 신록은 왜 그토록 청청하게 푸르렀으며, 숲 속 샛길은 왜 그렇게 많은 돌들과 잡풀 속에 숨죽이고 있었으며, 그 가운데를 가로지르며 달려오던 바람은 또한 왜 그다지도 맑고 시원했던 것일까?

분주한 서울 살림에 시간에 쫓기며 살다 보니, 고향이 내게 준 그 순후하고 풍족한 마음씀새를 잃어버린 적이 많다. 마침 고향의 신문사로부터 이 글을 청탁받아, 새벽 책상에서 글을 쓰면서 속으로 가만히 다짐해 본다.

새봄 새 학기가 시작되고 나면, 얼른 고향에 한번 다녀와야지. 오랜만에 아버님께 절을 드리면서, 그리고 어머님 산소에 엎드리면서, 아마도 눈물 참기가 힘들겠지. 그러나 이렇게 꿈꿀 고향이 있기에, 또 이렇게 글을 보낼 고향 신문도 있기에 지금 나는 어린아이처럼 행복하다.

나의 문학, 나의 어머니

문학이 인본주의와 멀리 떨어져 있을 수 없는 것이라면, 그리고 내가 해 오고 있는 문학평론이 그 인본주의를 소중히 끌어안고 있다면, 나는 바로 그 인본주의의 처음을 내 어머니에게서 배웠다.

내가 태어난 시골 마을, 경남 고성의 한 농촌에 사셨던 내 어머니는, 참으로 사람을 사랑하는 분이었다. 동네 아낙네들이 주로 우리 집을 밤마실 장소로 했고, 그 시절에 드물지 않던 뜨내기 방물장수들의 하룻밤 숙소도 주로 우리 집이었다.

어머니는 늘 내게 선하게 살아야 한다고, 선한 뒤끝이 있는 법이라고 적선지가積善之家의 보응을 가르쳤다. 사람을 돕고 키우는 문제와 관련하여 내가 가지고 있는 생각, '사람과 나무는 중도에 자르는 법이 아니다.'는 곧 내 어머니의 훈도薰陶였다.

사람을 아끼지 않고서 어떻게 선할 수 있을 것이며, 더욱이 사람을 소중히 하지 않고서 어떻게 문학이 가능할 것이냐? 이 문학적 인본주의에 대한 인식이 없었다면, 아마도 나는 문학을 하지 않고 당초에 원했던 언론사로 갔을 터이다.

문학이 그 깊은 의미의 바닥에 감추고 있는 보화, 이를테면 핍진한 사유의 진정성을 핵심으로 한다면, 내게 있어 그 문학적 진정성은 또한 어머니의 무조건적인 사랑을 바탕으로 하고 있다. 자식에게 소망을 건 어머니의 의지와 인고와 희비애락은, 나로 하여금 항상 문학의 가장 웅숭깊은 본질을 사람 사랑하는 일로 탐색하도록 하는, 방향성 있는 추동력을 유발했던 것이다.

나는 지금도 내 어린 날에 곱게 단장한 어머니가 정화수 앞에서 자식들을 두고, "남의 눈에 잎이 되고 남의 눈에 꽃이 되고……" 하면서 기구하던 일을 생생하게 기억한다. 또한 지금으로부터 저 30년 전 내가 중학교 2학년 때 친구와 싸워서 얼굴을 다친 날, 어머니가 촛불을 들고 밤늦도록 내 얼굴을 들여다보며 걱정하던 일을 생생하게 기억한다. 이 기억들이 얼마나 내게 실제적인 힘이 되었는지, 유사한 경험이 있는 이는 이해할 것이다.

그 어머니가 있는 고향이기에, 중학교 때부터 고향을 떠나 홀로 공부할 때, 또 대학에 진학하여 서울에서 지낼 때, 고향을 찾아가는 일은 그때마다 내게는 가슴 설레는 작은 축제였던 셈이다.

나는 어머니를 대학 2학년 때, 군 입대를 직전에 두고 잃었다. 그 3년 전 누나를 먼저 저세상으로 보내면서 그렇게 가슴 아파하던 어머니, 설날 명절에 찾아올 자식들을 기다리며 음식을 만들다 뇌출혈로 쓰러진 어머니를 뒷산에 묻고, 나는 사십구재를 지낸 다음 날 억수같이 쏟아지는 빗속에 입대했다.

신병훈련소에서 신상기록부를 작성하면서 부모형제란의 한 부분을 공란으로 남겨야 하는 것이 왜 그렇게 서럽던지 나도 모르게 펑펑 눈물을 쏟았다. 첫 추석 명절에 고참들이 휴가나 외박을 나가는 것을 보고 그야말로 탈영이라도 하고 싶다는 절박한 심정이었던 것은, 내 형제들과 함께 어머니의 유택을 찾아가고 싶은 열망 때문이었다.

나는 지금도 김소월의 짧은 시 〈엄마야 누나야〉를 대하면 눈시울이 시큰거린다. 때로 신문 부음란에 실린 나이 지긋한 명사의 모친상이나, 또 가끼운 이의 수를 누린 모친상 소식을 접하면 느닷없이 나의 박복이 가슴이 시리도록 절실해진다.

이 상실과 말소의 아프고 슬픈 정감이, 내 문학평론에 있어서 작가와 작품 그리고 작중인물을 따뜻한 시선으로 바라보도록 촉발하는 힘이라는 사실을 나는 지금 이 시간 무슨 귀한 비밀을 알듯 깨친다.

어머니가 없는 고향은 이미 고향이 아니다. 내가 자주, 심지어는 명절 때에도 고향에 잘 내려가지 못하는 이유 중 하나가 바로 그것이다. 그래서 일찍이 헤르만 헤세는 그의 《지성과 사랑》 말미에서, "어머니가 있어야 사랑할 수 있고 어머니가 있어야 죽을 수 있다."고 적었던 것이 아닌가? 이 땅의 이름 있는 시인 조병화가, 일생을 두고 자신의 시에서 어머니를 찾아 헤맨 것이 바로 그러한 까닭에서가 아닌가?

어머니를 잃은 내 박복은 그에 그치지 않아서, 아버님보다 먼저 후모를 잃었고, 정말 친모처럼 정을 붙이고 살아오던 장모마저 잃었다. 눈물로 한탄하기로 한다면 그 한탄이 끝이 없을 것이로되, 한탄이 아무 소용에 닿지 않으니 이 또한 허망한 노릇이다.

나는 지금 기독교인이지만, 생전에 내 어머니는 독실한 불교 신자였다. 어머니가 살아 계셨으면, 나를 큰 불효자로 치부하고 계셨을지도 모른다. 그러나 나는 내 믿음으로 어머니를 생각하며, 지금에서조차도 내가 얼마나 어머니를 사랑하는지 가슴 깊이 깨닫는다. 이 마음의 빛깔은 때로는 너무도 쓸쓸하다.

그렇기에 이 처연한 심사 앞에 나는 조용히 묵상하며, 내가 감당할 길 없는 슬픔을 내 삶의 주인께 맡긴다. 그분만이 위로자이며, 그분만이 이 슬픔을 선하고 올곧은 삶의 원동력으로 치환할 수 있을 것이기에. 내 삶과 내 문학은 그 어두운 자리에서 밝은 자리로 옮겨 가는 길 위에 있다.

직업 정체성의 고비에 서서

아마도 대학 4학년 때 가을 야외학습 자리였던 것 같다. 학과의 선생님들이 푸른 풀밭 위에 둥글게 모여 앉았는데, 거기에 지금은 고인이 되신 황순원, 서정범, 김태곤, 고경식 선생님 등 여러 분이 계셨다. 나는 제대하고 복학한 고참 학생으로서 한두 마디 말을 거들며 말석에 끼어 있었다. 그 무렵은 아직 유행성출혈열 따위를 걱정하던 시절이 아니었고, 하늘 높고 바람이 맑았으며, 약간의 술과 음식이 있고 분위기는 화기애애했다.

그때 민속학자로서 국내외에 명성이 높았던 김태곤 선생님께서 이런 말씀을 하셨다. "저는 지금, 제가 하고 싶은 일을 마음껏 하고 있어서 행복합니다." 평소 말수가 적은 황순원 선생님이 응대하셨다. "그보다 더 좋은 행복은 없지. 아직 한창이니 열심히 하세요." 참으로 평범한 몇 마디 대화였으나, 그 깊은 뜻이 세상을 살아갈수록 더욱 내 귀에 쟁쟁하다. 그 선생님들은 이제 한 분도 이 세상에 계시지 않는다.

전 세계를 강타한 해리포터 시리즈의 한국어판을 출간하여 한꺼번에 여러 모양의 지위를 누린 김종철 시인이 내게 이런 말을 했다. 그분이 발행인이던 문예 계간지《문학수첩》의 편집 회의가 끝난 뒷자리였을 것이다. "김 교수는 교수가 아니면 무엇을 했어도 성공했을 거요." 나는 지금도 그 말이 칭찬인지 비난인지 잘 분간이 가지 않는다. 물론 그분은 당사자가 있는 데서 비판적 충고를 하려고 했던 것은 아닐 터이다.

이 글을 읽는 분들은 벌써 눈치를 챘겠지만, 나는 지금 한 사람의 직업이 그에게 합당하고 행복한가를 가늠하는 직업적 정체성에 대해 쓰고 있다. 그런데 내 생애에 이 문제를 처음으로 강력하게 환기한 사건은 초등학교 5학년 때였다. 어린 우리가 보기에도 해맑고 감수성이 넘치던 담임선생님께서, 아이들 모두에게 장래 희망하는 직업에 대해 적어 내라고 하셨다.

나는 그야말로 며칠을 고민했다. 분명히 문학가나 교사나 학자처럼 뭔가 고매하고 정신적인 분야를 다루는 직명을 적어야 정답일 것 같았고, 그것이 그 시절 글 쓰는 아이로 학교 안에 알려져 있던 내 도리일 것 같았다. 하지만 나는 결국 '사장'이라고 써 제출했다. 다음 날 선생님은 공개 석상에서 엄청 화를 내셨다. "사장이 뭐야, 사장이!" 철부지 나는 고개를 숙인 채 아무 대답도 못 했다.

내가 살던 시골은 전기가 들어오지 않는 궁벽한 곳이었고 밤에는 등잔불을 켜고 살았다. 우리 집은 마을에서는 상위 수준에 해당했으나, 나는 그와 같은 빈핍한 환경을 바꿀 수 있는 길에 대해 알게 모르게 탐색의 더듬이를 세우며 자랐다. 선생님의 질문은 그와 관련된 직업적 장래를 묻는 것이었고, 나는 상식적 정답을 버리고 내 오랜 고민이 반영된 답안을 내놓은 셈이었다. 난생처음으로 직업적 정체성과 정면으로 마주 선 형국이었고, 나는 초전에 패배했다.

그날 이후 무엇을 하며 살아야 값있고 보람 있는 삶이 될 것인가라는 숙제가 늘 나를 따라다녔다. 내가 맡고 있는 교수직을 내가 정말 잘 수행하고 있는지를 반추하게 하는 김 시인의 촌평은, 실상 내게 매우 유익했다. 지금은 계시지 않는 내 선생님들의 직업관 논의도, 언제나 내 인생길의 시금석이 되어 주었다. 요약해서 말하자면, 대학에서 학생들과 공부하고 연구하고 작은 실천을 행하는 일들로 나는 행복해했다. 근자에 와서 학교의 주요한 보직을 맡으면서, 이 문제가 다시 내게 무거운 중량으로 육박해 왔다.

참 많이도 일이 바빠졌다. 모교에서 나의 작은 능력이 필요하니 수고 좀 하라는데, 이를 회피할 의사도 명분도 없다. 그렇다고 해서 그동안 내가 해 오던 읽기와 글쓰기, 그리고 학회나 협회와 같은 사회적 활동을 중단할 수도 없다. 그러자니 부족한 것이 시간이고 쌓이는 것이 고단함이다. 이제 새로운 지혜가 필요한 순간에 왔다. 나는 알고 있다. 그 해답은 멀리 있지 않고, 내가 어린 시절부터 겪어 온 그 직업적 정체성의 고민 가운데 있을 것이다. 이 글이 그 답안 작성의 한 과정인 것 같아 읽는 분들에게 죄송하다.

보이지 않는 것이 더 아름다운 축제

맑은 가을 하늘을 배경으로 선선한 바람에 하늘거리며 아름다운 빛깔의 조화를 이룬 꽃, 코스모스를 싫어하는 사람이 있을까? 코스모스의 어원은 그리스어의 우주, 조화란 말에서 유래했고 그 꽃말은 '소녀의 순정'이라 한다. 일찍이 영국의 시인 윌리엄 블레이크가 "한 알의 모래에서 세계를 보고 들에 핀 꽃에서 천국을 본다."고 한 그 레토릭에 가장 부합하는 꽃이 코스모스가 아닐는지?

철길이나 개천 언덕의 척박한 땅에 소수로 무리 지어 피던 꽃이, 12만 평에 달하는 논밭을 넘치도록 메운 꽃 천지를 이루니 그 장관은 필설로 다 형용하기 어려웠다. 가히 꽃의 바다요 꽃의 물결이라 해야 하겠는데, 원도 한도 없이 풍성한 꽃의 잔치였으되 각기의 추억 속에 애잔하고 가냘픈 자태로 각인되어 있는 코스모스의 서정은 찾기 어려웠다. 경남 하동군 북천면에

조성된 코스모스·메밀꽃 축제 이야기다. 보름 정도의 기간에 80만 명이 다녀간다는 대단한 지역 행사가 되었다.

때마침 그곳에 있는 이병주문학관에서 '2009 이병주하동국제문학제'를 열었다. 작가 이병주는 1921년 하동군 북천면에서 출생했고 거기서 초등학교를 다녔으며 일본으로 유학하여 메이지 대학과 와세다 대학에서 수학했다. 일제의 학병으로 끌려가 소주 60사단에서 말을 돌보는 병사로 근무했고 해방 후 상해를 거쳐 귀국했다. 진주농과대학과 해인대학의 교수, 〈국제신보〉 주필 겸 편집국장 등의 직책으로 교육자 및 언론인의 길을 걸었다.

마흔네 살에 단편 〈소설·알렉산드리아〉를 쓰면서 늦깎이 작가로 문단에 나왔다. 이후 계속해서 초인적인 기억력과 필력을 자랑하면서 모두 80여 권에 달하는 작품을 남겼다. 특히 역사적 기록의 문학화에는 남다른 관심과 수발한 재능이 있어, 《관부연락선》, 《산하》, 《지리산》 등의 역사소설들은 어느 작가도 흉내 내기 어려운 걸출한 문학적 성과를 이루었다. 자기의 시대에 가장 많이 읽히는 작가였으며, 일각에서는 그를 두고 '우리 시대의 정신적 대부'란 호칭을 부가하기도 했다.

그는 한국문학에서는 드물게 보는 '문文·사史·철哲'에 두루 통하는 문필의 바탕을 갖고 있었고, 이야기의 재미와 박람강기한 입담, 폭넓은 소재와 다이내믹한 구성을 보여 준 작가였다.

스스로 '역사의 기록자'라는 사명감과 자부심을 가지고 있었고 사관史官이요 언관言官으로서의 직분을 다하려 애썼다. 그가 《산하》에 에피그램으로 제시한, '태양에 바래면 역사가 되고 월광에 물들면 신화가 된다.'는 문장은, 자신의 문학적 태도와 경향에 대한 기막힌 표현법의 묘를 얻은 경우이다. 이 언사言辭는 섬진강변 오룡정가에 있는 그의 문학비에 새겨져 있다.

이병주문학관은 북천면 직전리에 있고 2층 건물의 아담하고 품위 있는 모양새로 그의 생애와 작품 세계를 끌어안고 있다. 문학관 마당에는 소박하고 깔끔한 외양으로 작은 문학비 하나가 또 서 있다. 거기에는 작가의 어록에서 가져온, '역사는 산맥을 기록하고 나의 문학은 골짜기를 기록한다.'라는 언사가 새겨져 있다. 그에게 있어 역사는 태양 빛이요 산맥이었고 그의 문학은 달빛이요 골짜기였던 셈인데, 이는 문학 이론으로서는 '신화문학론'의 요체, 곧 상상력에 의해 재구성된 핍진한 삶의 진실을 지칭하는 것으로 된다.

북천면의 코스모스 꽃밭은 문학관 바로 턱밑까지 이르러 풍성하게 물결치고 있었다. 그곳 현장에 한국, 중국, 일본, 몽골, 말레이시아, 스웨덴, 미국 등 여러 나라의 작가들이 모여 이병주 작가를 기리고 문학을 통한 서로 간의 이해와 교류 및 협력에 대해 얘기했다. 문학 강연회, 문학의 밤, 국제 문학 심포지엄, 국제 문학상 시상식, 전국 학생 백일장과 추모식 등 다채로운 행사들이 있었다. 문학제로서는 제8회, 국제 문학제로서는 제3회에 이르니 그 연륜도 제법 깊었다.

꽃과 싱그러운 계절 가을, 여러 나라의 문인들과 모처럼 문을 연 마음들이 함께 모인 이 축제는, 보이는 것보다 보이지 않는 것들이 훨씬 더 아름다운 자리였다. 미상불 그럴 것이다. 꽃이 꽃으로만 있다면, 자연경관의 수려함으로만 그칠 게 아닌가. 꽃을 사랑하고 꽃 속에서 또 그 꽃을 사랑하는 마음속에서 천국을 찾아내는 눈이 없다면, 그것이 어떻게 새롭게 세계를 인식하는 보배로운 기회가 되겠는가. 삽상한 가을날의 코스모스가 내게 준 작은 깨우침이었다.

1980년의 일이니 지금으로부터 꼭 30년의 성상星霜을 보내었다. 아직 홍안흑발의 청년이었던 필자는 군문에서 돌아와 경희대 국문과 3학년으로 복학하고, 대학주보 학생기자의 자격으로 총동문회 신문 만드는 업무를 돕고 있었다. 동문회관은 지금 새로 지은 권농동 건물 자리에 그대로 있었으나, 오래된 집이었고 경희대학교 시내한방병원 및 밝은사회클럽 국가본부 사무실과 함께 쓰고 있었다.

그 시절 철은 없이 꿈만 창창하던 때에 참으로 많은 선배들을 만났다. 그때는 몰랐었다. 그분들로부터 듣는 몇 마디의 말이나 사소해 보이는 행동들이 얼마나 소중한 세상살이의 가르침을 함축하고 있는가에 대해서, 그리고 그러한 선배들의 후배됨이 아무런 조건도 없이 얼마나 편안하고 좋은 것인가에 대해서도 말이다. 이러한 인식은 필자가 선배가 되고 교수가 된 그 연륜이 더해 갈수록 점점 명료해지는 것이니, 지천명을 여러 해 넘긴 세월이 결코 만만한 형편은 아닌가 보다.

동서고금을 통하여 동문수학의 아름다운 교유 또는 이에 대한 극명한 배반을 기록한 일화는 부지기수로 많다. 동학의 길벗이란 근본적으로 이익집단의 개념으로부터 자유로운 것인데, 그러한 연유로 그 울타리를 넘어선 자리에 이르면 순방향은 순방향대로 역방향은 역방향대로 그 의미와 가치가 증폭되기 때문이다. 이를테면 동문끼리 선대하니까 더 훌륭하고 동문끼리 악연이니 더 나빠 보인다는 식이다.

《손자병법》 시대에 귀곡자鬼谷子란 스승 밑에서 함께 공부한 손빈孫殯과 방연龐涓은 악연의 대명사에 해당한다. 손빈을 불구로 만든 방연은 제 목숨으로 그 빚을 갚았다. 조선 세조 시기에 역시 함께 공부한 두 천재 김시습金時習과 서거정徐居正은 각기 명분과 실리를 좇아 다른 길을 갔다. 서거정은 당대의 부귀를 누리고 김시습은 일생을 홍진에 묻혀 살았으나, 후대의 평가는 엇갈려 사필史筆은 김시습의 손을 들었다.

미국 청교도문학의 대표적 걸작 《주홍글씨》를 쓴 너대니얼 호손이 대학을 다닐 때 세 사람의 절친한 친구가 있었다. 생활이 궁핍하고 주변머리가 없던 그는 부호의 아들 허레이쇼 브리지, 장편의 서사시 〈에반젤린〉으로 유명한 시인 헨리 롱펠로, 그리고 후에 미국의 제14대 대통령이 된 피어스의 도움을 받아 작가로 입신양명했다. 호손은 피어스의 전기를 써서 그 사랑의 빚을 정성껏 상환했다.

우리 역사에는 동문수학의 방명芳名을 남긴 벗의 귀감으로 오성鰲城 이항복李恒福과 한음漢陰 이덕형李德馨이 있다. 운명이 점지한 인연의 죽마고우로 출발한 두 사람은 조선조 국난의 위기를 수습한 충신인 동시에 서로 간에 주고받은 말과 행동의 해학으로도 이름이 높아, 인간의 선한 본성과 명민함 그리고 충직함의 범례로 남았다.

그러니 이제 우리의 얘기를 할 차례이다. 경희라는 이름의 표식을 이마에 단 23만 동문은, 서로에게 어떤 존재가 되어야 할까를 생각해 보아야 마땅하다. 국적은 바꿀 수 있어도 학적은 바꿀 수가 없다. 선배는 후배에게, 후배는 선배에게, 그리고 각기의 동학들이 오성과 한음이요 너대니얼 호손과 그 친구들이 되어야 옳겠다. 이제껏 경희로 인하여 우리가 있었다면, 앞으로는 우리의 올곧고 선한 역할로 경희의 이름이 빛나도록 애써 궁리할 일이다.

2
글쓰기의 내면 풍경

誤讀

오고 또 가는 계절도 그 모습이 여럿이라더니, 올여름은 유난히 덥고 길게 느껴진다. 많은 사람들이 도심을 빠져나가고 번잡한 일에서 손을 놓는다. 그런데 이와 같은 수동적 대증요법을 넘어서 보다 적극적으로 무더위를 이기는 길은 없을까? 인간 만사가 정신의 근본에서 시작되는 것이어서 이열치열以熱治熱의 비법이 그 연원淵源이 오래이나, 더욱 생산적이고 효용성 있는 방략은 이독치열以讀治熱이 아닐까 한다. 책을 읽음으로써 올해의 소문난 여름을 값있게 넘어서자는 말이다.

1909년 10월 중국 하얼빈에서 이토 히로부미를 저격한 안중근 의사는, 다음 해 3월 뤼순 감옥에서 순국하기까지 2백여 점의 글씨를 남겼다. 낙관을 대신하여 단지斷指한 왼편 손도장(掌印)으로 눌린 유묵遺墨 40여 점이 전해져 오는데, 그중 유명한 것이 일일불독서一日不讀書 구중생형극口中生荊棘이란 글이다. 하루라도 책을 읽지 않으면 입안에 가시가 돋는다는 뜻이니, 결연한 정신의 자기 단련과 시대를 관류하는 절조를 책 읽기로 치환한 대목이다.

책은 인류의 삶을 향상시키고 문명의 개화를 이끌었으며 미래의 꿈을 여는 길잡이다. 그런 만큼 책 읽기를 두고 배태된 언사들은, 고금을 막론하고 인류 역사의 지평 위에 지천으로 널려 있다. 독서백편의자현讀書百遍義自見이란 말은 백 번 책을 펼치다 보면 그 뜻을 자연히 알게 된다는 의미이니, 책 읽기를 지속적으로 해야 한다는 충고이다. 서중자유천종록書中自有千鍾祿이란 말은 책을 읽는 가운데 천 가지 재물과 복록이 있다는 의미이니, 책 읽기야말로 입신양명의 방편이라는 권유이다.

지난 7월 미국 샌프란시스코의 문학 캠프에서 필자는 쇼펜하우어의 《문장론》을 중심으로 강의를 했다. 염세 사상을 대표하는 이 독일의 철학자는 좋은 글을 쓰기 위한 세 가지 요소로 사색과 글쓰기와 독서를 들었는데, 이는 동양 문화권에서 중국 당송팔대가의 일인인 구양수가 주장한 3다의 법칙, 곧 다독多讀·다작多作·다상량多商量과 그대로 일치하는 외형을 보인다. 그런데 쇼펜하우어의 독서는 그냥 단순한 책 읽기가 아니다.

철학자인 까닭에서인지 모르겠으나, 그는 사색을 다른 항목들보다 훨씬 우위에 두고 자기 사색이 수반되지 않는 독서는 타인이 행한 사색의 결과를 그대로 받아들이는 것에 불과하다고 폄하했다. 그러할 때의 다독은 인간의 정신에서 탄력을 빼앗는 일종의 자해自害가 될 수 있다고 경고했다. 오늘날과 같이 가치 개념이 다원화하는 시대에 있어서 쇼펜하우어의 단호한 지적은 시사점이 작지 않다. 책을 읽되 어떤 마음가짐으로 읽어야 할 것인가를 언표하기 때문이다.

사상의 깊이, 생각의 질서, 토론의 절차 등이 모두 싼값으로 넘어가 버리는 세태 속에 우리가 산다. 가슴속에 자기 본유의 구심점을 갖고 올곧고 규모 있게 살아가기 위해서, 책 속에 길이 있으며 책 읽기가 마음의 양식이 되며 책이야말로 말없는 스승이라는 사상을 가꾸면서 사는 것은 참으로 보람 있는 일이 아닐 수 없다. 이 유다른 단계에 발을 들여놓기 시작하면, 한갓 계절의 더위쯤이야 저절로 십 리 밖으로 물러설 터이다.

상아탑의 심장, 도서관

번개가 전기라는 것을 증명한 벤저민 프랭클린이 미국 필라델피아에서 인쇄업을 하고 있을 때의 일이다. 한창 향학열에 불탄 그는, '전토'라는 클럽을 만들고 매주 금요일을 모임의 날로 하여 사람들을 모았다. 그렇게 모인 사람들은 정치나 과학 등 여러 분야의 문제를 토론하며 지식을 얻고 또 공유했다 한다.

어느 하루는 프랭클린이, 각자가 책 한 권씩 가지고 와서 무엇인가를 조사할 일이 생겼을 때 읽어 보고 토의하자는 제의를 하였다. 그러자 '전토' 클럽 회원들은, 미국 내에서는 물론이고 영국 등 외국에서 구입한 책들을 모두 가지고 와서 모임 장소의 한구석에 쌓아 놓고 돌려 가며 읽었다.

이 일을 계기로 프랭클린은 공립도서관조합을 만들어 독서 인구의 저변 확대를 위한 시스템을 구축하기 시작했다. 최초의 책 구입비로 일정한 금액을 지불하고, 얼마 후 추가 구입비를 일정한 기일에 납부하는 방법으로 회원을 모집했다. 이것이 조합 도서관으로 발전했고 미국에 있어서 도서관의 시초가 되었다 한다.

개척자의 길, 선각자의 길이란 언제나 어렵고 힘든 것이지만, 오늘날 우리가 너무도 쉽게 접할 수 있는 도서관의 첫출발은 이토록 그 길이 험난했던 것이다. 이 지식 정보화 사회에 있어서, 이제는 전자도서관을 향해 나아가고 있는 상황에 이르러, 우리는 한 번쯤 발걸음을 멈추고 저 도서관의 첫걸음 단계를 생각하며 도서관의 존재 양식과 그 의미를 되새겨 보는 것이 좋겠다.

말인즉슨, 우리 모두 먼저 도서관에 감사하는 마음을 갖자는 것이다. 그것은 겉치레의 수사로 도서관을 상찬하거나 도서관 관계자들의 노고를 치하하자는 말이 아니다. 도서관이 그 본연의 사명을 다하도록 도서관을 즐겨 활용하며 책을 사랑하고 자주 도서관을 찾자는 뜻이다.

필자로서는 올해 어쩌다 도서관 위원이라는 벼슬(?)을 얻어 '중앙도서관위원회'에 참석해 보았는데, 기실 사전에 예산을 확보해 놓은 도서 구입 요청의 수요가 해마다 그 목표에 미달된다는 것이었다. 때로는 잘 몰라서이기도 할 터이고 또 때로는 그 신청의 방식이 손에 닿지 않아서일지도 모르는데, 우선 필자부터 꼭 필요한 책의 구입을 도서관에 열심히 신청해 볼 요량이다.

　오늘날의 도서관은 단순히 책을 빌려 보고 또 책을 읽는 한정적 공간의 개념을 이미 넘어섰다. 미상불 우리는 벌써 보았던 것이다. 우리 대학의 도서관에서 시인이나 작가를 초청하여 '독서 토론회'를 개최하고, 심지어는 '작음 음악회'까지 열고 하던 것을 말이다.

　물론 그러한 문화적 부대 행사들이 도서관 자체의 본질을 넘어갈 수야 없는 일이다. 불야성을 이루는 도서관, 그 이성적 등불과 진리의 빛은 결국 근본에 있어 벤저민 프랭클린의 의도와 다를 바 없다. 그래서 일찍이 제임스 보즈웰은 "인간은 한 권의 책을 쓰기 위해 도서관의 절반을 뒤질 수도 있다."고 했었다.

　'상아탑'이라는 고귀한 수식어로 불리는 대학의 심장부가 곧 도서관이다. 토머스 칼라일이 〈영웅과 영웅숭배〉에서 "현대의 진정한 대학은 도서관이다."라고 한 그 레토릭은, 우리로 하여금 진정 우리의 심장을 아끼고 사랑할 것을 재촉하고 있다.

엽편소설이란 새로운 이름

어느덧 우리 문학에는 엽편소설葉礵小說이란 용어가 많이 사용되고 또 그 용어도 친숙해지고 있다. 이는 기본적으로 소설의 분량에 따른 분류법으로 그 호칭이 구분되어야 할 터이다. 잎 엽 자를 써서 그처럼 작은 공간에서 삶의 예각적인 단면을 보여 준다는 뜻이므로 분량 자체가 극히 짧을 수밖에 없다.

작품의 분량에 따라 소설을 나누면 장편掌篇, 단편, 중편, 장편, 대하소설 등의 세항이 발생하는데 엽편소설은 장편掌篇 곧 콩트보다 약간 더 길거나 비슷하면서, 성격상으로는 단편의 창작 유형을 뒤따라간다. 그리하여 극명한 삶의 한 모습을 통해 보다 확장된 제유법적 의미만을 암시하는 것인데, 대체로 작가들이 가진 극적 사건 구성의 관행을 따라 콩트와 같이 의외의 반전을 시도하는 경우가 많다.

물론 엽편소설이 분량의 문제만으로 국한하여 호명되는 것은 아니다. 나뭇잎과 같은 협소한 공간이라는 데에는, 그렇게 밖에 표현할 수 없거나 그렇게 표현하는 것이 오히려 적절한 제재 및 소재를 끌어안은 소설이라는 의미가 숨어 있다.

이것은 현대 대중사회의 분절적이고 파편화 되어 가는 삶의 풍속도를 반영하면서, 소설적 진실이 더 이상 장황하게 설명되어질 수 없다는 창작심리학적 측면과 사태의 핵심을 짧은 문면으로 전달받는 것으로 족하다는 수용미학적 측면을 함께 포괄하고 있다. 요컨대 엽편소설이란 새로운 창작 모형의 등장은 세기말의 시대적 상황과 소설의 표현 논리 그리고 독자에의 수용이라는 다기한 요인들이 서로 얼크러져 손잡은 문학적 상황이라 해야 할 것이다.

그동안 우리 문단에서는 적잖은 엽편소설이 쓰였고 또 소설집도 나온 바 있거니와, 여기에서는 앞서 언급한 엽편소설의 성격적 특성을 유념하면서 몇 편의 발표된 엽편소설들을 개관하기로 한다.

박완서의 〈나의 웬수덩어리〉는 현대 문명의 가장 첨단적인 이기利器인 컴퓨터를 소재로 하였다. 손으로 글자를 써 나가는 것으로 문학을 시작한 작가가 컴퓨터 자판을 두드리며 소설을 쓰지 않으면 안 되는 형편에 이르러서, 그 변환이 용이롭지 않을 때 컴퓨터를 응대하는 시선 및 심경을 담았다. 작가 자신이 화자인 이 소설의 이야기는, 컴퓨터를 고치러 온 청년의 거침

없는 오해와 더불어 더욱 큰 진폭을 갖게 된다. 이 소설은 결국 시대를 앞서 가는 문명과 그 문명을 문자언어로 기록하는 작가의 불협화를 솜씨 있게 드러내었다.

하재봉의 〈태양보다, 낯선〉은 역시 근자 하재봉의 관심이 도달해 있는 지점, 그러니까 현대사회와 젊은 세대의 삶을 대상으로 하였다. 그런데 이 소설에서 보다 주의를 요하는 관찰의 표적은 새로운 세대가 보여 주는 삶의 양태라기보다는 그것을 소설의 표면으로 밀어 올리는 중층구조라 할 것이다. 하재봉은 동성애자의 질투와 칼부림이라는 동일한 사건 구조를 3중의 장치로 사용한다. 영화 속에 나오는 이야기, 그 영화의 모델인 원작자의 실제 이야기, 그리고 소설의 화자와 영화 배역들 사이의 이야기가 그것인데, 하재봉은 이 짧은 소설 가운데 이 복잡한 여러 구조적 얼개를 요령 있게 매설하면서 충동적이고 단세포적이며 불연속적인 동시대의 성격적 특성을 잘 갈무리하였다.

이 두 작품이 서로 방향은 다르지만 현대사회의 사실적인 속성을 날카롭게 포착하고 있는 데 비해 김지원의 〈푸른 초원 위의 그림 같은 집〉, 원재길의 〈밤거리를 떠도는 사내〉, 이상희의 〈열이틀 만의 죽음〉은 사실과 환각의 접점을 이야기의 중심축으로 하고 있다. 김지원은 우렁색시의 설화를 소설의 들머리로 하여 등장인물들의 애절한 소망을, 원재길은 밤거리에서 택

시 타는 일과 관련하여 섬뜩한 경험의 익명성을, 그리고 이상희는 영화 〈사랑과 영혼〉을 패러디한 듯한 이야기로써 자기 일상에 충실했던 한 남자의 죽음 후 집착을 그렸다.

왜 환각이라는 문제가 이처럼 높은 빈도를 보이는 것이며, 엽편소설에서의 그 의미는 무엇일까? 환각은 구차한 사실적 진술을 순간적이고 요약적으로 집성한 수단이며, 그렇기에 오늘날 우리의 복잡다단한 삶을 나뭇잎처럼 제한된 공간 위에서 설명하려 할 때 가장 효율적인 발화법일 수 있지 않을까?

이승우의 〈불란서 요리사 김형배 씨〉와 송경아의 〈메리 포핀스〉는 우리 일상생활 속에서 마주친 진정성의 문제를 다루고 있다. 이승우는 한 전문 직업인의 극도로 인간적인 모습을 불시에 제시함으로써, 송경아는 어릴 적 시점으로 되돌아간 화자의 식모 누나에 대한 간절한 회상을 바탕으로, 잔잔한 감응력의 물살을 퍼뜨려 보였다.

이상에서 살펴본 일곱 편의 엽편소설 가운데는 수준 이하의 타작駄作이 없다. 이들은 동시대 삶의 조건에 여러 가지 양태로 반응하면서 시대적 속성이 무엇인지, 그것을 어떻게 드러내는 것이 좋은지, 그러면서 우리의 심금을 건드릴 이야깃거리는 없는지를 질문하고 또 답변했다. 엽편소설의 양식에 의거해 있으므로 답변의 방식은 상징적이고 함축적이며 날카롭고 예민했다.

읽고 보니 아마도 그럴 것 같다. 엽편소설이 어떤 것이다라는 선입관을 가지고 이러한 소설들을 읽는 것보다는 읽은 연후에 엽편소설이란 아! 이런 것이구나 하고 깨우치는 것이 훨씬 더 빠른 이해일 것 같다. 그럴 만큼 좋은 엽편소설들이 많이 쓰이고 있다는 뜻이며, 우리는 앞으로 이 소설들이 이루어 나갈 새로운 서사 장르의 구축을 눈여겨볼 필요가 있겠다.

봄날은 간다

'봄이 와도 봄 같지 않다(春來不似春).'는 말은, 흉노족을 회유하기 위해 호胡나라로 시집을 갔던 중국 전한前漢의 미인 왕소군의 시 한 구절이다. 그 앞 절은 '호나라 땅에는 화초가 없으니(胡地無花草)'로 되어 있다. 꽃다운 나이 18세에 궁녀로 선발되었다가 공주라 속이는 인신 공출을 당했는데, 꽃도 풀도 없는 삭막한 땅에 이르렀으니 봄을 운위할 형편이 아니었을 것이다.

봄이 봄 같지 않은 것은, 이처럼 자연의 경물이나 풍광뿐만 아니라 그것을 바라보는 사람들의 마음에 더 비중이 크다. 미상불 올해의 우리 국민들은 꼭 그와 같이 황량한 봄의 끝머리를 지나가고 있다. 상상도 못 했던 천안함의 참사가 아직도 결말의 향방을 가늠하지 못한 채 숱한 통곡과 통한을 끌어안고 있는가 하면, 한숨 돌렸던 구제역이 다시 일어 가족 같은 가축들을 살처분 해야 하는 억장이 무너지는 봄이다. 꽃샘추위는 기상 역사에 남을 만큼 맹위를 펼쳐 과수와 채소 농사를 망치고, 이에 뒤질세라 때때로 황사가 온 하늘을 뒤덮는다.

이렇게 생각하면 참으로 암울하고 희망 없는 봄이다. 봄을 노래하는 그 많은 화사한 음률들이 숨죽인 마당에, 소리 내어 불러도 될 만한 노래 하나가 있으니 곧 백설희의 〈봄날은 간다〉이다. 슬픔과 절망에 묻힌 추억의 노래, 미처 언술로 다 풀어내지 못한 한 맺힌 정조를 품은 노래이기에, 얼마 전 어느 문예 계간지에서 조사한 '시인들이 좋아하는 대중가요 노랫말'에서 1위를 했다.

그런데 이 노래를 부른 백설희는 지난 5월 5일 새벽 세상을 떠났다. 영화배우 황해의 부인이었고, 가수 전영록의 어머니이며 신세대 가수 티아라 전보람의 할머니이니, 한국에서 내로라할 만한 대중문화의 명가이다. 대중가요처럼 세속적 삶의 아픔과 슬픔을 잘 담아내는 예술 장르가 없다는 사실은, 그 가요 노랫말의 상황에 당착해 본 사람마다 이를 실감으로 증언하는 터이다. 그런 점에서 〈봄날은 간다〉 외에도 〈목장 아가씨〉나 〈물새 우는 강 언덕〉 등 많은 히트송을 남긴 백설희는 우리 사회의 깊은 조의를 받을 만하다.

시인들만 〈봄날은 간다〉를 좋아하는 것이 아니다. 이 노래가 함축하고 있는 애절하고 구성지며 때로는 퇴폐적이기도 한 노랫말은, 신분과 권세를 가진 사람을 겸허한 자리로, 비천과 낙

백에 처한 사람을 위로의 자리로 이끄는 강력한 중화 작용을 지녔다. 어느 봄노래가 천안함 순국 장병들의 영정 앞에 두어서 어색하지 않겠는가. 그러나 이 노래만은 어쩐지 그래도 될 것 같은 훈훈함이 느껴지고, 모진 슬픔의 틈새를 헤집고 어설픈 소망이 고개 내미는 그 기약을 닮았다.

필자의 후배 이문재 시인이 다른 사람이 부른 이 노래에 눈물겨움이 없다고 화를 낸 적이 있다. 한데 아무도 그 화를 부당하다고 생각하지 않는 분위기였다. 언젠가 인사동 부근 포장마차에서 거리의 악사가 이 노래를 '연분홍 치마'라 부르며 엇비슷한 연주를 들려주고 감상료를 요구했다. 이 노래였기에 필자는 두말없이 지갑을 열었다. 인생은 짧고 예술은 길다는 격언이 있으나, 한편으로는 인생이 짧은데 항차 예술이 길 턱이 있겠는가 싶다. 진진한 삶의 바닥에 밀착한 이 노래를 들을 때에 일어나는 상념이다.

올해의 봄처럼 잔인한 계절이 또 있었을까. 모두가 마음에 기쁨을, 얼굴에 웃음을, 입술에 노래를 잃어버리고 지나가는 이 탄식의 계절에 그 슬픔의 바닥에서부터 다시 시작한다는 각오를 가져 보는 것이 어떨까. 어디서부터 무엇이 잘못되었는가를 살펴보고, 누구와 더불어 어떻게 이 아픔을 치유할 것이며 눈앞의 질곡을 넘어 새롭게 떨치고 일어설 것인가를 성찰하는 자리! 거기서 부를 노래가 〈봄날은 간다〉이면 꼭 알맞겠다.

언어의 길이 막히면 마음으로 갈 수밖에 없는데(言語道斷 心行
處), 인륜도 규범도 통하지 않고 성실도 정성도 돌보지 않는 이
봄날의 잔혹한 현실 앞에 효력 있는 정신적 탈출구를 찾는 일
은 매우 중요하다. 노래가 어찌 그냥 노래이겠는가. 노랫말 가
운데 잠복해 있는 위안과 재생의 메시지가 새로운 기력의 섭생
하는 그 인간사의 문법을 말하는 것이다.

추억의 골목을 가진 삶은 아름답다

얼마나 우쭐대며 다녔었나

이 골목 정동 길을

해어진 교복을 입었지만

배움만이 나에겐 자랑이었다

도서관 한구석 침침한 속에서

온종일 글을 읽다

돌아오는 황혼이면

무수한 피아노 소리

피아노 소리 분수와 같이 눈부시더라

그 무렵

나에겐 사랑하는 소녀 하나 없었건만

어딘가 내 아내 될 사람이 꼭 있을 것 같아

음악 소리에 젖는 가슴 위에

희망은 보름달처럼 둥긋이 떠올랐다

그 후 20년

커어다란 노목이 서 있는 이 골목

고색창연한 긴 기와 담은

먼지 속에 예대로인데

지난날의 소녀들은 어디로 갔을까

오늘은 그 피아노 소리조차 들을 길 없구나

_장만영, 〈정동 골목〉

신경숙이 쓴, 깔끔하고 아름다운 문체로 된 소설 〈풍금이 있던 자리〉에는, 본문 중에 단 한 번도 '풍금'이라는 말이 나오지 않는다. 그 풍금이 사물로서의 자기 이름을 말하는 것이 아니라 '추억의 자리'를 빗댄 하나의 의미망이기 때문이다.

장만영의 '정동 골목' 또한 애틋하고 소박한 옛 추억이 서린 곳이다. 20년이 지나 찾아온 옛 골목에는 이제 분수와 같이 눈부시던 피아노 소리도 내 아내가 될 수도 있었던 소녀들도 없다. 그 부재의 현실과 추억의 과거를 잇는 징검다리로서 그의 골목은 의미를 얻는다.

이상의 시 〈오감도〉나 단편소설 〈날개〉의 골목은, 출구를 찾기 어려운 한 시대의 폐쇄적 분위기를 담아 존재론적 자아의 모습을 그렸다. 그의 골목은 실존적 인식을 시각적 이미지로 치환한 새로운 기법 위에 서 있다.

오규원의 〈길, 골목, 호텔 그리고 강물소리〉는, 사라질 수밖에 없는 것들의 풍경을 집요하게 추적한다. 시인의 눈을 통해 덧없는 것이 영원한 풍경으로 전화될 수 있다면, 그의 시에 등장한 골목길은 그 내부에서부터 시적 의미를 확대하는 셈이다.

천양희의 〈오래된 골목〉에는, 이 시인에게 독특한 꿈꾸는 세계가 있다. 부유하는 세상 속에서 삶의 본질을 이끌어 내는 그의 시어들은 자연스럽고 아름답다. 누구나 그 가슴에 숨기고 있는 오래된 골목에 대해, 이 시인은 그것을 드러내어 말하는 방식을 가르친다.

최인훈의 〈광장〉에서, '개인의 광장'과 '대중의 밀실'을 잇는 그 어디쯤에 골목길이 있을 터이다. 이런 뜻으로 골목을 보자면, 그것은 고통과 질곡의 역사를 넘어오는 공동체적 삶의 통로이다. 이 골목은 민족사의 어제와 오늘을 그 현장에서 지켜본 증인이다.

양귀자의 '원미동 사람들'이 사는 골목은, 최인훈과 같은 통시적이고 시대사적인 과제로부터 공시적이고 사회사적인 과제로 눈을 돌린 비판적 의식의 소산이다. 함께 어울려 살아가는 사람들, 그 실체적 삶의 진실을 드러내는 공간적 장치로서는 이 골목만 한 자리가 없다.

오정희의 〈중국인 거리〉나 〈옛 우물〉의 골목은, 아직 세상살

이의 규범 안으로 진입하지 아니한, 아니면 짐짓 그것을 도외
시하고 싶은 개인의 내밀한 삶의 표정을 담았다. 우리가 여기
에 공감하는 것은, 누구나 자기 속에 그러한 골목을 숨기고 있
는 까닭에서이다.

우리의 삶과 의식 체계, 그리고 그것을 반영한 말과 글에 나
타난 골목은, 이렇게 하나의 통로이며 긴요한 징검다리이며 소
중한 공간적 환경이며 일정한 의미 체계이다. 개인과 사회를,
한 시대와 그것이 집적된 역사를, 옛 꿈과 눈앞의 현실을, 그리
고 말할 수 없는 것과 말해야 하는 것 사이를 중개하는 '헤르
메스'적 존재이다.

그러나 이러한 포괄적 논리보다 더 중요한 것은 우리들 자
신의 문제이다. 우리 스스로의 가슴을 열어 보면, 거기 벌레 우
는 가을이나 눈 덮인 달밤으로 가는 골목이 있을지도 모른다.
그러한 그림이 있는 이는 어떤 환경에 던져지더라도 행복할 수
있다. 우리 가슴속의 골목을 살리는 일은, 곧 우리의 추억을 살
리는 일이요 정신의 아름다움을 지키는 일이다.

운명을 바꾸는 부드러운 힘

미국 영화 〈바람과 함께 사라지다〉를 일약 스타덤으로 밀어 올린 요인이 몇 가지 있다. 미국 문학 판에 널리 알려진 마거릿 미첼의 원작 소설, 광대하고도 치밀하게 잘 만들어진 영화, 그리고 강렬한 눈빛으로 헤로인 스칼릿 오하라를 탁월하게 연기한 비비언 리 등이 그 항목들에 해당한다. 그런데 비비언이 이 영화에 참여하는 과정에 매우 주의 깊게 기억해 두어야 할 대목이 있다.

비비언은 주인공 여배우 선발 소식을 듣고 이에 지원하기 위해 영화사를 찾아갔다. 최선을 다해 오디션에 임했으나 감독의 눈에는 차지 않았던 모양이다. "미안하지만 우리가 찾는 여주인공과는 거리가 있는 것 같네요." 감독의 면담 종료 선언에 비비언은 잠시 생각한 후 말했다. "아쉽네요. 잘해 보고 싶었는데……. 그러나 실망하진 않겠어요." 활짝 웃으며 출입문을 나서려는 비비언을 감독이 다급하게 불러 세웠다. "잠깐! 잠깐만요! 지금 그 미소와 표정을 다시 한 번 지어 보세요."

오디션에 낙방하여 실망이 컸을 터인데도 활달하게 웃으며 등을 돌리는 비비언에게서, 감독은 온갖 어려움과 아픔을 딛고 일어서며 "내일은 내일의 태양이 떠오를 것"이라고 다짐하는 스칼릿의 모습을 보았던 것이다. 그 닮은꼴의 긍정적 생각과 웃음이 세기의 영화, 세기의 배우를 창출했고, 사람들은 비비언을 두고 '운명을 바꾼 미소'의 주인공으로 불렀던 것이다.

의사들이 환자를 치료할 때 위약僞藥 효과, 곧 플라세보 효과Placebo effect라는 개념이 있다. 약효가 전혀 없는 가짜 약을 진짜 약으로 가장하여 환자에게 복용토록 했을 때 병세가 호전되는 효과를 말한다. 만성질환이나 심리 상태에 영향을 많이 받는 질환일수록 이 치료 효과가 더 잘 나타난다. 반면에 사람들에게 아무 작용도 없는 물질을 주고 그 약으로 머리가 아플 것이라고 강조하면, 실제로 두통을 일으키는 노세보 효과Nocebo effect도 있다. 모두가 마음먹기에 달렸다는 말이다.

심리학에는 타인이 나를 존중하고 나에게 기대하는 것이 있으면 기대에 부응하는 방향으로 변하려 노력하여, 마침내 그렇게 된다는 피그말리온 효과Pygmalion effect라는 것이 있다. 또 반면에 일이 좀처럼 풀리지 않고 우연히 나쁜 방향으로만 전개될 때 머피의 법칙Murphy's law이라는 말을 쓴다. 이와 반대로 우연히 자신에게 유리한 일만 계속해서 일어나는 것을 가리켜 샐리의 법칙Sally's law이라고 한다.

중요한 사실은 이 모든 것이 객관적이고 실제적인 정황에 바탕을 두고 결과를 산출하는 것이 아니라, 심리적이고 감성적인 선입견에 기대어 판단을 내리고 이것이 인간의 몸과 정신과 삶의 여러 부면에 구체적 효용성을 갖고 투영된다는 사실이다. 마음의 근본이란 그렇게 강렬한 지배력을 가졌다.

스스로의 삶을 행복하게 만드는 사람은 이 가슴속의 동계와 발열과 폭풍을 잘 조절하는 능력을 가진 자이다. 이 세상에서 가장 먼 거리는 머리에서 가슴까지의 거리라는 언표가 있지만, 외형적으로 무엇을 많이 가진 사람이 아니라 가슴으로 무엇인가를 만들어 가는 사람이 행복한 사람일 것이다. 이 마음 지키기를 잘해야 옳다. 그렇기에 불가에서는 '일체유심조一切唯心造'라 하고 성경에서는 "무릇 지킬 만한 것보다 더욱 네 마음을 지키라."(잠언 4:23)고 한다. 밝고 긍정적인, 선하고 부드러운 마음이 우리 각기의 운명과 세상을 바꿀 것이다.

장애인문학의 새 지표

장애인문학의 개념 정의와 관련하여 먼저 꼭 이 호명을 사용해야 할 것인가라는 문제부터 검토할 필요가 있다. 문학의 일반론적 성격 속에는 인간의 모든 삶과 그에 대한 반응의 양식이 포괄될 수 있으므로, 장애인문학이란 명칭 스스로 문학의 입지를 축소하고 개념을 한정한다는 비판이 제기될 수 있기 때문이다.

그러나 굳이 이 명칭을 사용한다면 그것은 문학의 한 특정한 분야에 대하여 편의적으로 붙인 이름이라 해야 옳겠다. 예컨대 여성문학이나 노동문학 등이 문학의 일반적인 범위 안에 있으면서 특정한 문학적 관심을 표방하고 있는 것과 마찬가지의 경우이다.

장애인문학의 개념은 우선 두 가지 관점에서 정의해 볼 수 있겠다. 먼저 장애인 문인이 쓴 문학이다. 다음으로는 장애와 장애인 문제를 다룬 문학을 그렇게 말할 수 있다.

　장애인 문인이 쓴 문학이라는 개념은 매우 협소하여 그야말로 문학을 하나의 울타리 안에 가두는 형국이 된다. 뿐만 아니라 이 개념을 성립시키기 위해서는 장애인이 쓴 문학의 수준 문제에 앞서서 그가 과연 장애인인가, 그리고 어느 정도의 장애인인가라는 문제에 대한 판단이 있어야 할 것이다. 그러므로 이 개념은 장애인문학을 말하는 부분적 조건 중 하나로 치부하면 될 듯하다.

　장애와 장애인 문제를 다룬 문학이라는 개념은 전자에 비해 훨씬 광범위하고 그 개념의 운동 범주도 자유롭다. 그런데 여기에서는 하나의 문학작품 속에 장애인 문제가 어느 정도의 분량으로 포함되어 있는가, 그리고 그것이 작품의 주제에 밀도 있게 관련되어 있는가, 아니면 단순하고 지엽적인 소재적 차원에 그치고 있는가 등의 문제가 검토되지 않으면 안 된다. 물론 이러한 문제가 작품 속에서 객관적 증빙을 동반하고 있거나 그 결과를 통계 수치화할 수 있거나 하기는 어렵다. 문학은 그러한 형편을 고려하면서 제작되는 예술품이 전혀 아니기 때문이다.

　그렇다면 결국 장애인문학이란 용어는 객관화된 기계적 개념 정의에 이르기 어려우며, 문학의 본질적 성격에 따라 상황적으로 유동하는 개념이 될 수밖에 없다. 엄밀히 말하여, 앞서 예거한 여성문학이나 노동문학 등의 경우도 마찬가지이겠지만, 장애인문학이란 쓰고 읽는 이들이 그렇게 느끼고 받아들이는 것이지 사회사적인 객관성을 담보할 수 있는 개념이 아닌 셈이다. 위에서 이 명칭을 '편의적'이라 규정한 것은 이러한 경우의 개념 정의와 관련된 자발성을 말하고 있으며, 모호하고 편리하게 그 개념을 얼버무리는 태도를 말하지 않는다.

장애인문학이 그 영역에서 가지는 강점이 있다면, 그것은 인간의 삶에 있어서 장애 또는 장애인과 관련된 깊은 고통의 심연을 두드려 보는, 그러한 절박성의 강도를 들 수 있겠다. "눈물 젖은 빵을 먹어 보지 아니한 사람은 인생의 깊은 의미를 모른다."는 수사가 괴테의 시집에 나오지만, 그 눈물 젖은 빵이 장애의 문제와 상관되어 있다면 그렇지 않은 경우에 비해 절실한 감응력이 한층 더 강화될 수도 있을 것이다. 노틀담의 콰지모도는 그가 장애의 몸을 갖고 있기 때문에 소설의 주제와 비극성을 한층 강화하는 효과를 얻고 있다.

장애인문학의 지향점은 대체로 작품 속에 등장하는 장애의 문제가 절망의 나락으로 침몰하기보다는 소망의 언덕으로 거슬러 오르는 것이 되도록 하는 데 있다. 그렇기에 많은 장애인문학의 배면에는 눈물겨운 인간 의지의 개가나 인간 승리의 숨은 이야기들이 묻혀 있는 것이다. 청각을 잃은 채 작곡한 베토벤의 장엄한 선율이나 실명한 후 여섯 살 난 딸 데버러의 손을 빌려 완성된 밀턴의 문필이 그 좋은 예라 하겠다.

장애인문학이란 명칭을 내걸고 이 소중한 불씨를 살려 가는 사람들, 특히 장애인으로서 창작을 하고 있는 사람들이 유의해야 할 것은, 적어도 일시적이고 값싼 동정에 편승하는 안이함은 버려야 한다는 것이다. 그것은 궁극적인 도움이 되지 않으며, 오히려 예리한 경각심이나 불퇴전의 의욕을 소멸시킬 가능성이 있기 때문이다.

장애인 문제를 소재나 주제로 선택한 것은 창작자 자신의 고유한 정신적 영역에서 이루어진 일이며, 그것이 문학적 예술성의 성숙이나 완성도와 관련하여 어떠한 면죄부도 될 수 없음을 확고히 인식해야 한다. 그런 점에서 장애인문학을 대표하는 《솟대문학》의 경우, 장애인 창작자의 문학과 장애를 소재로 하되 문학 일반의 수준을 넘어서는 문학의 두 구분을 두고 이를 이분법적으로 운영하는 방안을 생각해 봄 직하다.

우리 문학사, 그리고 세계문학사 속에는 장애인문학으로 그 이름이 빛나는 수많은 장애인 문인들이 있다. 시각장애를 감당했던 호메로스, 밀턴, 사르트르, 지체장애를 겪은 이솝, 세르반테스, 셰익스피어, 바이런, 마거릿 미첼, 사마천, 언어장애가 있었던 헤르만 헤세, 서머싯 몸, 간질병으로 고생한 도스토옙스키 등을 쉽게 예거할 수 있다. 그런데 여기서 예거한 이들은 장애를 가지고 있으면서 그에 굴복하지 않고 자신의 문학과 더불어 세계문학의 중심부로 진입한 작가에 해당된다. 요컨대 그들의 문학과 작가로서의 삶이 모두, 장애인문학의 온전한 목표를 설정하는 데 좋은 보기가 된다 할 것이다.

이 땅에서 육신의 장애를 안고 살아가면서, 그러나 그 정신의 영역에서는 맑은 명경처럼 빛나는 보화를 생산해 온 장애인문인들이 있다. 필자는 그동안 《솟대문학》의 지면을 통해 적지 않은 숫자의 이 문인들과 그들의 보화를 만나 왔거니와, 그동안 《솟대문학》에 실린, 그리고 추천된 소설 작품들을 돌이켜 들추어 보면 그 의의와 성과를 다시 확인해 볼 수 있다.

기실 아무리 갈고닦인 논리를 내세워 장애인문학을 언급한다 할지라도, 이와 같은 작품의 산출이 수반되지 않는다면 그 논리는 허망하기 이를 데 없을 터이다. 아니, 논리가 앞설 일이 아니라 작품 자체의 생산이 비평과 연구의 논리를 불러오는 방향으로 전이되어 나가야 오히려 바람직하다 할 수 있겠다. 그런 만큼 필자는 여기서 언급되는 작품들이 곧 장애인문학의 '숨은 보화'들이라 믿고 있다.

온전한 사람, 온전한 문학

  필자가 KBS의 〈내일은 푸른 하늘〉이란 프로에 정기적으로 출연하던 때의 일이다. 이 코너는 장애인 문제를 주제로 하여 매일 20분씩 산뜻하고 다양한 편집으로 시청자들의 귀를 모았다. 그런데 이 고정 출연은 학기 중인 주중에 시간을 내어야 하고 또 여의도까지 길이 복잡해서 보통의 각오와 준비로서는 안 될 일이었다.

  이 프로와 관련이 된 것은 장애인문인협회의 방귀희 회장 때문이었는데, 이분은 휠체어에 의지하고서도 다른 분의 도움을 받아야 하는 형편이지만 그 얼굴에는 전혀 구김이 없었다. 직접 협회를 결성하고 협회지인 계간 《솟대문학》을 발간 후 매해 지속적으로 이끌어 온 공로로 장애인의날 국민훈장을 받기도 했다.

  필자는 그를 볼 때마다 놀란다. 높은 곳이나 계단이 있는 곳에는 올라가지도 못하는 그 장애를 극복하고 선하고 부지런한 마음을 가꾼 일도 그러하려니와, 자신이 아닌 다른 사람들을 위하여 가진 것 모두를 쾌척하는 삶의 자세에 놀라지 않을 수 없다.

세상에는 너무도 많은, 겉모습만 멀쩡한 내면적 장애인들이 있다. 이들이 가진 공통점은 남을 위해 무엇인가 할 줄 모르고 감사할 줄 모른다는 점이다. 방귀희 씨의 경우, 그가 신실한 의지로 다른 장애인 문인들의 수범 사례가 된다는 측면은, 다른 방식으로 설명하자면 그의 헌신적인 노력이 오히려 그의 신념과 의지를 북돋워 왔다고 할 수 있다.

어쨌거나 그를 보면서 필자는 한마디로 방송국 출두의 불편함을 말할 수 없었고, 그렇게 자신을 단속하면서 맡은 일을 수행하는 것이 나중에는 잔잔한 기쁨이요 보람이 되는 그 실증에 잠길 수 있었다. 비록 작으나마 하나의 양선養善 속에 있다는 의식이 영혼의 밑바닥을 두드리는 청량한 울림일 수 있었으니, 오히려 은혜는 필자 자신이 얻은 셈이다.

우리는 서구 장애인문학의 대표적인 사례로 존 밀턴의 《실낙원》을 꼽는다. 이 작가는 영국 청교도 혁명 당시 크롬웰의 비서였으며, 나중의 왕정복고 후에는 정치적 자유를 상실했고, 아내를 잃었으며, 급기야는 두 눈마저 잃어버린 비극의 주인공이다.

밀턴은 이 가혹한 환경적 조건에 굴하지 않았다. 여섯 살 난 딸 데버러의 손을 빌려 낙원을 잃어버린 인간의 삶을 구술해 남김으로써, 마침내 열두 권에 달하는 종교적 문학의 걸작을 남겼고 스스로는 영국 르네상스 시대 최후의 거인이라는 호평을 거두어들였다.

예거하기로 하자면 역시 눈을 잃은 호메로스, 귀를 잃은 베토벤, 다리가 불편했던 바이런, 간질병에 시달렸던 도스토옙스키, 궁형을 받아 불구가 되었던 사마천 등등, 인류의 예술사에는 헤아릴 수 없이 많은 장애인 예술가들과 그들이 남긴 걸작들이 있다.

이들의 작품이 가진 예술성의 배면에는 참으로 어려운 삶의 조건을 뜨거운 예술혼으로 극복한 이들의 의지와 그 인간 승리가 숨어 있어, 우리를 갑절로 감동케 한다. 그러할 때 그들은 이미 장애인이 아니다. 사소한 외형적 모습을 넘어서는 정신적 개가凱歌, 그로 말미암은 찬연한 광휘光輝가 우리를 압도하고 있기 때문이다.

이 문제를 떠올리면서 필자는 다음과 같은 두 가지 생각을 한다. 먼저 정말 장애인을 이해하고 함께하는 데 더 노력해야겠다는 점이다. 그들에게 일시적인 동정은 아무 의미가 없다. 우리 사회의 일원으로 활달하게 동참하도록 돕는 데 편견 없이 진심을 다해야겠다는 생각이다. 요컨대 저 이름 있는 예술가들이 가졌던 인간 승리의 의지가 한 조각 편린으로라도 평범한 개인의 심장 속에 내재해 있음을 일깨우는 데 작은 힘이 되었으면 좋겠다.

아울러 내게 주어진 건강한 자산을 더욱 감사하면서, 겉으로만 온전한 생활인이 되지 않도록 참으로 온전한 사람이 되며, 그러한 사람을 지속적으로 찾아내며 살 수 있었으면 하는 생각이다. 적어도 내 삶과 내 문학이, 겉만 괜찮고 속으로 장애를 앓고 있는 불균형 가운데 있지 않기를 다짐해 본다.

3
문학의 숲과 사람

誤讀

한국문학의 순수성을 지킨
큰 나무, 황순원

한국 현대문학의 정상을 지킨 거목이자 그 삶의 모범으로 인하여 작가 정신의 사표로 불리던 황순원 선생이, 2000년 9월 14일 오전 돌연 세상을 떠났다. 향년 86세. 수를 다한 호상이긴 하나, 필자와 같은 직전 제자들은 그 부음 앞에 정신이 아득하기만 했다.

해방 60여 년을 넘긴 우리 문단에는 많은 직기들이 활발하게 창작 활동을 하고 있지만, 평생을 소설과 함께해 왔고 그 결과로 노년에 이른 원숙한 세계관을 작품으로 형상화한 작가는 그리 많지 않다. 황순원이 우리에게 소중한 작가인 것은, 오염과 격변의 시대적 난류 속에서 흔들림 없이 자기 자리를 지키면서 순수성과 완결성의 문학을 가꾸어 왔기 때문이다.

우리 문학사에 기록된 그의 문학적 집적은 시 104편, 단편

104편, 중편 한 편, 장편 일곱 편에 이른다. 장편소설로 만조를 이룬 황순원의 문학을 거슬러 올라가 보면, 시에서 출발하여 단편소설의 세계를 거쳐 온 확대 변화의 과정을 볼 수 있다. 이러한 작법의 변화는 한 단면으로 전체를 제시하는 제유법적 기교로부터 전면적인 작품의 의미망을 통하여 삶의 진실을 부각시키는 총체적 안목에 도달하는 과정을 드러낸다. 우리가 일찍이 〈소나기〉나 〈학〉에서 만난 순정한 서정성의 세계와 《움직이는 성》이나 《신들의 주사위》에서 만난 다면성의 서사 세계 사이의 상거는 곧 그와 같은 과정의 구체적인 모습에 해당된다.

모든 문학 하는 청장년의 연령층들이 다 그러하겠지만, 필자가 '황순원'이란 이름 석 자와 마주 선 것은 중학교 때의 교과서에 실린 〈소나기〉의 지은이로서였다. 어린 소견에도 어쩌면 그렇게 아름답고 정갈한 이야기가 있을 수 있는지, 그 작가는 도대체 얼마나 아득한 먼 거리에 있는 창대한 사람인지, 그러한 분과 접촉할 수 있다면 그것이 얼마나 대단한 일인지 알 수 없겠다는 상념이 분분했었다.

나중에 그분의 제자이자 황순원 문학 연구자로서 알고 보니 〈소나기〉나 〈학〉은 그저 주어진 문학적 성과가 아니었으며, 단편소설에서 장편소설로 넘어가는 대목에 이르러 황순원의 원숙한 창작 기량이 당대 문학은 물론 작가 자신의 작품 세계에 있어서도 그 천장 한 부분을 때리고 있었던 것이다.

강의실에서의 황순원 선생은 빛나는 지성과 날카로운 논리로 문학을 가르치는 교술자가 아니었다. 노상 언어를 다루고 언어와 더불어 일상생활을 함께하는 작가이면서도 그 말씀은 태깔이 현란하지 않았고 여울목의 물살처럼 빠르지도 않았다. 언제나 앞뒤 순서를 보아 가며 차근차근 말의 걸음을 옮겨 놓았고, 늘 어조가 부드러웠으나 어떤 평가 또는 판단을 내려야 할 때는 단호한 결의가 겉으로 배어 나오곤 했다.

그분이 스승으로서 그 자리에 있다는 사실만으로도 제자들의 문학 하는 분위기가 한껏 고조될 수 있었으니 한국 문단에 응당한 이름을 얻은 제자 작가군을 그 증빙으로 내세울 수 있겠다. 전상국, 김용성, 조해일, 조세희, 정호승, 이유범, 고원정, 박덕규, 김형경, 이혜경, 서하진 등의 작가들 가운데 이 정동적 논의에 반대 의사를 가진 이는 아마 한 사람도 없을 것이다.

선생은 소설 이외의 잡문을 거의 쓰지 않기로 유명하다. '작가는 작품으로 말한다.'는 신념에서이다. 그 신념으로 황순원 문학은 1992년 9월 일흔여덟의 노경에 한 치의 흐트러짐도 없는 시상으로 〈산책길에서·1〉 등 여덟 편의 시를 발표하는 데까지 달려갔다.

황순원의 문학은 인간의 정신적 아름다움과 순수성, 인간의 고귀함과 존엄성을 존중하는 바탕 위에서 출발했고 이를 흔들림 없이 끝까지 지켰다. 그가 일제하에서 읽히지도, 출간되지도 않는 작품을 은밀하게 쓰면서 모국어를 지킨 일도 이러한 상황과 무관하지 않을 것이다. 대부분 그의 작품이 배경으로 되어 있는 상황의 가열함 속에서도 진실한 인간성의 회복을 위한 암중모색을 잊지 않고 있는 것은 그 때문이며, 문학사에서 그를 낭만적 휴머니스트로 기록하고 있는 것도 그 때문일 것이다.

하나의 완결된 자기 세계를 풍성하고 밀도 있게 제작함으로써 깊은 감동을 남기고 있는 황순원의 작품들은, 한국문학사에 의미 있고 돌올한 한 봉우리를 형성하고 있다. 그것은 또한 현대사의 다기한 부침을 겪어 오는 가운데서도 뿌리 깊은 나무처럼 우뚝 서 있는 이 작가에게 우리가 보내는 신뢰의 다른 이름이요 형상이기도 하다. 다시금 통절한 마음으로 옷깃을 여미며 삼가 선생의 명복을 빈다.

'소나기마을'의 말없는 가르침

한일 월드컵으로 온 나라가 '조국 체험'을 새로이 한 2002년 겨울, 그러니까 지금으로부터 7년 전의 일이다. 일단의 문인들이 송년 모임으로 인사동 한 음식점에 모여 앉아 있었다. 좌중에서 누군가가 내 스승이신 황순원 작가의 단편 〈소나기〉가 경기도 양평을 무대로 한 것이 맞느냐고 물었다. 대학과 대학원 시절 내내 오랜 제자이며 황순원 문학 연구자이기도 한 나는 그날 자리를 파하고 집으로 돌아와 황순원 전집 3권 《학/잃어버린 사람들》을 꺼내어 들고 〈소나기〉의 공간 환경을 찾았다. 거기 딱 한 줄, 이런 기록이 있었다. '어른들의 말이, 내일 소녀네가 양평읍으로 이사 간다는 것이었다.' 그랬구나. 막연히 경기 일원의 농촌 지역으로만 기억하고 있었는데, 이 이름 있는 소설의 배경이 양평이었구나. 기실 황순원 선생 생전에 제자들은 그분을 모시고 양평으로 자주 야외수업 등의 나들이를 가곤 했다. 〈나무와 돌, 그리고〉 같은 단편에서는 양평의 용문사 은행나무가 주요한 소재로 등장하기도 한다.

그로부터 아주 긴 생각과 노력, 양평에 황순원문학촌 소나기마을을 만드는 일이 시작되었다. 양평군수와 협의하고, 또 황순원 선생이 23년 6개월을 재직한 경희대학교가 참여하는 방안을 강구했다. 2003년 6월 양평군과 경희대학교는 자매결연을 맺었으며, 그 부대사업으로 소나기마을 건립을 추진키로 합의했다. 사석에서 가볍게 오간 대화와 구상이 한국 최대의 문학공원으로 모습을 드러내는 데는, 2009년 6월까지 꼭 6년의 기간이 소요되었다.

중요한 것은 문학관의 외형이 아니라 그것을 채우는 콘텐츠였고 그 내실의 단단하고 충실한 정도였다. 황순원의 문학 세계 전체를 다시 조사하고 연구하여 이 콘텐츠를 구성하는 데 3년이 걸렸다. 그리고 이를 구체화하는 문학관과 테마파크를 건립하는 데도 3년이 걸렸다. 적지 않은 난관이 있었다. 하지만 함께 참여한 이들은, 한국문학에 '순수와 절제의 미학'을 이룬 작가를 생각하면서 묵묵히 애썼다. 양평군에서도 최선의 수고를 아끼지 않았다.

소나기마을은, 황순원의 〈소나기〉라는 이름만으로도 우리의 가슴에 감동이 생성하는, 저 고색창연한 정서적 반탄력에 빚지는 바 크다. 온 국민의 사랑을 받아 온 소설, 어린 시절의 기억

과 청정의 아름다움이 수채화처럼 배어 있는 소설이 〈소나기〉
이다. 모두가 이 작품과 더불어 문장 및 문학을 배웠고, 그렇기
에 연륜이 더해 갈수록 그 아련한 정감이 더욱 그리워지는 소
설이다. 소나기마을은 이와 같은 해맑은 동심의 세계와 소중
한 과거로의 회귀를 원본 그대로 살리려는 정신을 담았다.

소설의 수숫단 모양을 본떠 3층으로 지은 문학관에는 작가
의 생애와 작품, 작품을 시청각 시스템으로 형상화하고 체험
할 수 있도록 한 설비들이 잘 짜인 구조 속에 배치되어 있다.
각기의 방에는 중앙 홀, 작가와의 만남, 작품 속으로, 〈소나기〉
속으로 등의 호명이 부여되어 있다. 그리고 〈소나기〉의 스토리
종결 이후를 다시 구성한 애니메이션 〈그날〉을 상영하는 '남폿
불 영상실'이 있다. 방문자를 위한 '마타리꽃 사랑방'은 작가의
문학을 시각, 청각, 촉각으로 만나는 다면 체험의 공간이다.

문학관을 나서면 오른편 곁에 작가의 유택이 있고 2만 평이
넘는 일대의 야산이 황순원문학공원으로 구성되었다. 겨울철
을 제외하고는 공원 중앙의 소나기광장에서 하루 몇 차례 인
공 소나기를 맞을 수 있다. 공원 전체를 채우고 있는 원두막,
수숫단, 산책로, 들꽃 밭 등이 몸과 마음의 쉼터로 마련되었다.
이곳에 가면 누구나 세속의 분진을 씻어 내고, 부드럽고 섬세
하고 아름다운 심성을 회복하고 돌아오게 된다.

요즘처럼 4대강이나 세종시 사업으로 시끄러운 세상의 논란

들이, 그 속을 잘 들여다보면 결국 처음의 순수성을 잃어버렸기 때문에 생기는 사단이다. 왜 그래야 할까. 조금만이라도 자기 편의적 해석과 잘 포장된 욕망을 내려놓으면 한결 쉬울 텐데. 문을 연 이래 매일 많은 사람들이 소나기마을을 찾는 이유는, 거기에 그러한 문제들의 답이 있기 때문이다.

아직도, 그리고 언제나 편운 선생님

1970년대 중반, 경희대학교 문리과대학 학장실은 지금도 그 자리인 2층 중앙에 있었고, 방문을 열고 들어서면 언제나 해묵은 책 냄새와 페인트의 기름 냄새가 함께 나곤 했다. 사방 벽을 채운 책들과 책상, 그 곁에 캔버스에 그리다 둔 유화가 이젤 위에 오른 채로 한눈에 들어왔다 한쪽 벽면의 옷걸이에는 겉옷과 베레모, 책상 위에서는 모양 이쁜 재떨이에 걸쳐진 파이프를 발견할 수 있었다. 참 오래된 풍경인데 시금도 어제 그제의 일인 양 눈앞에 선명하다.

방의 주인은 지금은 고인이 되신 내 스승 편운 조병화 선생님. 참으로 부지런하셔서 매일 학생들이 학교에 나오기 전, 아침 여덟 시부터 방에 불을 밝히고 계셨다. 약속을 정확하게 지키시는 만큼, 다른 이들에게도 그렇게 할 것을 당당하게 요구하셨다. 대학 1학년, 학보사 학생기자 시절, 이 방에서 나는 편

운 선생님께 선생님의 서명이 된 시집《남남》과《어머니》를 받
았고 장학금 추천서를 받았으며, 나중에 방을 이사하실 때에
는 책상 위에 두고 아끼시던 빨간색 루비가 박힌 물고기 모양
의 재떨이를 선물로 받았다.

　이제는 한국문화예술위원회로 이름이 바뀐 한국문예진흥
원 강당에서 같이 학과에 계시던 황순원 선생님께서 대한민국
문학상을 받으셨을 때의 일이다. 동료 교수로서 시상식에 참
석하셨던 편운 선생님은 그때 대학원 학생이던 우리 일행에게,
선뜻 "마치고 내가 술 한잔 사 줄까?"라고 말씀하셨다. 참 멋
있으셨다. 계단을 막은 난간에 비스듬히 기대어 서서 해맑은
얼굴과 음성으로 건네시던 그 말씀이 지금도 귓전에 남아 있
는 듯하고, 선생님의 캐주얼 스타일 양복의 윗주머니에 살짝
얼굴을 가리고 있던 보라색 행커치프가 여전히 눈가에 살아
있는 듯하다.

　선생님 말년에 경희의료원에 입원해 계실 때이다. 무슨 음
료수 한 통을 사 들고 뵈러 갔더니, 마침 아무도 없이 혼자 누
워 계셨다. "선생님, 저 왔습니다."는 인사에, "바쁜데 뭐하러 왔
냐?"시며 어서 가라고 손사래를 치셨다. 내 생각에는 아마도
제자에게 약한 모습을 보이기 싫으셨던 것 같았다. 평소 선생
님께 이런저런 말씀을 겁 없이 드리던 나는 그 뜻을 깨닫고 황
급히 나왔는데, 지내 놓고 보니 그것이 선생님을 뵌 마지막이

어서 미처 여쭙지 못한 남은 말들이 아직도 가슴을 칠 때가 있다. 물론 그래 봐야 이렇게 한마디 덧붙였을 것이다. "선생님, 제가 선생님 엄청 좋아하는 것 아시죠?"

세월이 흘러 선생님은 가시고 시원찮은 제자였던 나는 '조병화시인기념사업회'의 말석에서 선생님을 그리워하고 또 기리는 일에 머릿수만 더하고 있다. 선생님의 삶과 문학이 어떻게 값이 있고 어떻게 오늘의 세대 속에 향유되어야 하며 또 어떻게 후세에 전해져야 할지를 두고 애써야 할 판인데, 나는 그저 멋있기 이를 데 없었던 시인 스승의 발자취에서 이제껏 다 배우지 못한 가르침을 찾아 허둥대고 있을 뿐이다. 선생님께서 남기신 꿈과 멋과 사랑의 정신, 내 생애 내내 그것을 배우기에 벅찰 것이라는 느낌이 여전히 강렬하다.

봄빛이 살아나는 혜화동 거리를 지나갈 때면 선생님을 모시고 갔던 식당과 찻집이 눈에 들어와 가슴 한쪽이 쓰라리고, 가을이 깃드는 안성 편운재를 떠올릴 때면 선생님의 숨결과 손길이 마음속에 되살아나 문득 처연한 회상에 잠긴다. 그런데 그 어른이 생전에 베푸시고 사람 사랑의 흔적을 남기신 곳이 세상 도처에 널려 있는 형편이고 보면, 나처럼 이러한 글을 쓸 사람은 차고도 넘칠 터이다.

편운 선생님은 단순히 내 스승이어서 소중한 분이 아니다. 일생을 따뜻한 마음으로 성실을 다하여 살다 간 자연인으로

서, 한국문학에 '조병화류'의 시적 랜드마크를 남긴 기념비적인
시인으로서, 그분의 삶은 누구에게나 멋이 있었고 누가 보기에
도 감동적이었다. 다만 걱정이 앞서는 것은, 그분의 제자로 또
그분의 후예로 모교의 강단을 지키고 있으면서, 그분 반만큼이
라도 좋은 영향력을 발휘해야 한다는 강박감이 오래도록 사라
지지 않을 것이라는 사실이다. 그래서 지금 여기서 아직도, 그
리고 언제나 편운 선생님인 것이다.

작가 이병주에 대한 기억

경상남도 하동은 지리산과 다도해와 섬진강이 함께 만나는 고장이라 하여, 예로부터 삼포지향三抱之鄕이라 불렸다. 그 하동의 섬진강변에 자연석으로 된 문학비 하나가 서 있고, 거기에 이런 글귀가 새겨져 있다.

'태양에 바래면 역사가 되고 월광에 물들면 신화가 된다.'

소설가 나림 이병주 선생의 문학비다. 이 선언적이며 고색창연해 보이는 비문의 수사修辭는 이병주 신생의 문학관, 소설관을 매우 잘 반영하고 있다. 이 한 줄의 문장은 널리 알려진 선생의 소설 《산하》 첫 장에 기록된 에피그램이다. 실제적 삶의 집적인 '역사'에 비추어 그 배면에 잠복한 숨은 진실을 들추어 보이는 '문학'의 존재 양식, 그렇게 존재하는 문학의 지위에 대한 인식을 간결하고 명료하게 요약하고 있다.

선생이 타계하기 수년 전, 그러니까 필자가 대학원에 적을 두고 있던 1980년대 말의 일이다. 어느 오후 선생께서 늘 나와 계시던 K 호텔 커피숍에서, 필자는 매우 무모하고 무례한 질문을 던진 적이 있었다.

"선생님, 역사란 무엇입니까?"

역사가 무엇이냐라니! 도대체 이따위 대책 없는 선문답류의 질문이 어디 있단 말인가. 그런데 문학의 의미와 본질에 대해, 특히 역사소설의 그것에 대해 이런저런 생각을 끌어안고 선생을 만난 필자로서는 꼭 내놓아야 할 질문이었다. 선생의 답변은 의외로 짧았고, 역시 선문답적인 것이었다.

"역사란 믿을 수 없는 것일세."

역사를 믿을 수 없는 것이라니! 당시는 '운동 개념으로서의 문학'이 한 시대를 풍미하여 민족, 조국, 역사 등등의 언사가 그 이름만으로도 서슬이 시퍼렇던 시절이었다. 그러나 선생의 어조는 단호하고 명쾌했으며, 필자는 거기에다 감히 추가의 질문을 덧붙이지 못했다.

선생이 유명幽明을 달리한 해가 1992년이니 그로부터 16년이 지난 지금, 그 말씀은 아직 필자의 귓전에 힘 있게 살아 있다. 그간의 지속적인 문학 공부를 통해 왜 선생이 그렇게 말했고 그것이 무슨 뜻이었는가를 비로소 깨우칠 수 있었기 때문이다.

선생에게 있어 기록된 사실로서의 역사는 사람들이 살아온 삶의 실체를 정면에서 파악하는 데 그칠 뿐, 그 정론성의 성긴 그물망으로는 포획할 수 없는 삶의 가치와 진실에 대해서는 무방비의 방식이었던 것이다. 그런 만큼 그 답변은 역사의 그물망이 놓치고 지나간 실체적 진실을 소설을 통해 걷어 올린다는, 선생의 문학관을 대변한 요지부동의 언표이기도 했다.

선생에게 문학은 그러므로 '월광에 물든 신화'였고, 스스로 "역사는 산맥을 기록하고 나의 문학은 골짜기를 기록한다."고 한 그 '골짜기의 기록'이었던 셈이다. 이처럼 선생의 역사와 문학에 대한 인식은, 역사소설로서 우리 문학사 한 시기의 천장을 때린 작가답게 일목요연하게 정리되어 있었던 것으로 보인다. 그 양자를 바라보는 겹친 꼴 눈길과 변증법적 통합, 그것이 곧 역사소설의 운명이기도 하다.

가장 다양하고 깊이 있는 근대사의 체험을 재료로, 선생은 《관부연락선》, 《산하》, 《지리산》, 《그해 오월》 등 주옥같은 장편소설들을 남겼다. 근대사적 체험의 웅혼하고 활달한 문학적 표현이 선생의 몫이었고, 그 점이 오늘 우리로 하여금 선생의 문학을 기리며 기념하게 하는 까닭이다.

해마다 4월 말이면 하동에서 이병주하동국제문학제가 열리고 이병주국제문학상 시상이 있으며, 9월 말이면 이병주문학학술세미나가 열린다. 아시아 지역을 중심으로 각국의 작가들이 이병주문학관에 한데 모여 문학과 인간에 대한 논의를 펼친다.

이 나라 산하의 아들로서 그 아픈 역사의 심층을 소설의 이야
기로 꽃피운 선생의 작품들을 보면, 문학이 어떻게 인간의 영
혼을 치유하는 '명약'인지 짐작하게 된다.

박경리, 큰 나무의 그늘

박경리 선생이 떠나가신 지도 벌써 2년 4개월의 시간이 흘렀다. 세월은 유수와 같다더니, 그 엊그제 같던 장례의 일도 어느덧 역사의 장막 뒤로 숨는 과거가 되고 있다.

지나가면 잊히고 또 잊어버리는 것이 인지상정인데, 이분의 이야기들은 아직도 쉴 새 없이 사람들의 기억을 되돌리곤 한다. 대체 무엇 때문일까? 그 인품이 훌륭해서, 그 작품이 뛰어나서, 아니면 그 두 가지가 함께 삭용하는 형국일까?

내가 기억하는 박경리 선생은 당신의 삶과 문학에 대한 신념이 너무 도저해서, 좀처럼 사람들에게 곁을 허용하지 않는 분이었다. 그러나 이를 두고 독단적인 성격을 지닌 작가라고 함부로 치부할 수 없었던 까닭은, 그분의 생애와 작품이 어떤 경로를 걸어왔고 어떤 성격을 지닌 것인가에 대한 인식이 전제되어 있었기 때문이었다.

작가이자 농부로서 노년기의 삶을 보내면서 보여 준 온화한 모습들은, 스스로 강고한 결기를 안으로 곰삭혀 절제된 통어력을 발양한 결과일 뿐 그 내부에서는 여전히 시퍼런 자기 추동력이 살아 있었을 것이다. 그러하지 않고서는 오늘 우리에게 남아 있는 《토지》의 저 방대하고 치밀한 완결이 가능하지 않았을 터이니까.

일제강점기와 분단 시대를 헤치고 온 작가 박경리는 시대의 폭력에 대한 증인이었고, 자신이 살았던 역사의 시기와 아픔들을 작품을 통해 체현해 놓았다. 그와 같은 역할을 맡은 작가, 그와 같은 기능을 담당한 문학은 이미 혼자 자유로운 개별자의 입지를 벗어나 있기 마련이다. 자연인 박금이가 아니라 작가 박경리로 불리는 것은 그에 대한 인증이다.

가족사의 아픔을 상징하는 당신의 사위 김지하가 이미 오래전에 김영일이란 이름으로 불리지 않듯이. 이렇게 이름이 바뀌고 그 이름에 부하된 새로운 의미가 유발되는 것은 한편으로는 작가에게 주어진 책임이요 족쇄이기도 하다. 이 완강한 주박呪縛을 넘어서서 문학사에 기록되는 작가는 오직 작품이라는 성과를 가지고서야 가능하다.

선생이 남긴 《토지》는 역사성, 사상성, 문학성을 고루 갖춘 대작이다. 한국문학의 전통에서는 보기 드문 '문·사·철'의 세 요소를 동시에 끌어안고 있는 언어의 집이다. 《토지》가 가진 장대한 분량이 문제가 되는 것이 아니다. 민족어와 민족정신의 집대성이라 할 만한, 외형과 내면 모두에 걸친 집요한 작가 정신과 그것을 발현한 이야기화의 역량이 문제이다.

이러한 작가와 작품을 보유하고 있는 것은, 미상불 우리 문학의 다행이요 행복이다. 사람들이 살아온 궤적의 총체로서 역사는 숱한 삶의 굴곡과 생성 소멸의 이야깃거리를 담고 있는 터이지만, 작가의 가는 붓이 없이는 세월의 풍화작용을 견딜 담화를 남겨 두지 못한다.

박경리의 문학과 《토지》는 그런 점에서 한국인의 사상과 문학이 남긴 큰 나무이다. 그 나무가 처음부터 큰 나무였을 리 만무하다. 거기에 작가의 남모르는 애환과 눈물이 숨어 있을 것이다. 하지만 지금은 많은 사람들이 그 나무의 그늘에서 쉬고 또 새로운 기력을 섭생한다. 그 사실에 대한 증명을, 사람들은 잊을 수 없는 작가에 대한 경의로 대신하고 있다.

김준성, 경제와 문학의 변증법적 통합

이 나라 산천을 놀라 흔들리게 했던, 그리고 온 세계 사람들에게 나라의 이름 '코리아'를 떨쳐 보였던, 2002 피파 월드컵 기간이었다. 도대체 어디까지 그 '꿈'이 이루어질지 아직 알 수 없는 마당에 경기는 준결승을 앞두고 있는 시점이었다.

필자는 김준성 이수그룹 회장이 발행인으로 있는 《21세기문학》 편집위원으로, 주간을 맡고 있던 서원동 시인과 함께 강남 어느 호텔에서 팔순의 현역 김준성 작가를 모시고 식사를 한 적이 있었다.

그때 노작가는 목전의 경기가 어떻게 될지 점쳐 보라고 하였고, 동석했던 한 분이 승패를 예측하자 그것이 아니라 스코어를 말해 보라고 채근하였다. 이 대목에서 주제넘게도 필자가 나서서 몇 대 몇으로 우리가 이긴다고 주장했던 것인데, 애석하게도 그 주장은 제대로 점친 것이 되지 못하고 말았다.

끝내 노작가는 당신의 예측을 내놓지 않았다. 그분이 만일 젊은 날부터 작가로 일관해 왔다면, 거기서 당신의 예측 스코어를 발설하기에 그다지 신중할 필요가 없었을 터이다. 그러나 한 나라 전체의 살림을 맡아 본 경험과 관록이라는 것이, 비록 작은 문제에 있어서라도 예측 불가능한 사실을 점치듯이 발화하는 일을 가로막았을 시 분명했다.

대신에 그분은 월드컵과 관련된 사회사적 인식과 그 역사적 사건의 배경을 이루는 문화 코드에 대해, 박람강기한 식견을 광범위하게 펼쳐 놓았다. 말허리를 자르고 밝히자면, 그분과의 대화는 주로 듣고 있는 편이 낫다. 그분이 어느 자리에서나 자기중심적으로 말하기를 즐겨한다는 뜻에 앞서, 그 장쾌한 변설 가운데 배우고 새겨 두어야 할 대목이 많은 까닭에서이다.

그런데 그때 그 자리에서 들었던 문화적 인식의 문제가 몇 달 후에 '붉은 악마'란 제목을 달고 한 편의 소설이 되어 내 앞에 이르렀다. 이 글의 서두에서부터 지금껏 필자가 월드컵을 논거 한 식사 자리에 대해 언급한 것은, 김준성 작가의 일상적 체험이 어떻게 소설로 치환되는가라는, 그 소설 제작의 방정식을 발견할 수 있었다라는 진술을 하기 위해서이다.

김준성은 눈으로 보고 귀로 들은 체험적 사실을 곧바로 문자 매체에 담아내는 단기 속성의 작가가 아니다. 가장 집약적으로 가장 명료한 결말까지 내려진 월드컵의 사회사적 의미에 대해서도, 이분은 6개월 이상을 묵힌 다음 그 대답을 제시했다. 아마도 이러한 성향은, 일찍이 30 중반에 문단에 이름을 걸어 놓고도 본격적인 작품 활동은 공직에서 물러난 이후 60 중반에 시작한, 그 오래 기다리기와 길게 승부하기의 인생 역정과 관련이 깊은 성싶다.

김준성은 또한, 듣고 본 바를 직접적으로 이야기 구조에 실어 내는 단선적 스토리텔러가 아니다. 그의 소설은 언제나 실증적 사실을 문학적 담론으로 변용시키는, 그래서 우리가 익히 알고 있는 현실이 소설적 윤색을 덧입고 한 차원 다른 스토리의 문맥으로 발화되는 외양을 취한다. 쉽게 예를 들면 〈붉은 악마〉에서 그 다층적 문화 코드를 생경한 강론으로 피력하지 않고, 동족이면서도 국적이 다른 두 남녀의 사랑 이야기로 산뜻하게 포장했던 것이다.

그리고 김준성은 또한, 그가 밟아 온 경제 관료요 전문경영인으로서의 삶과 그렇게 육화된 지혜를, 그의 소설 처처에 모래밭에 숨어 반짝이는 사금처럼 흩뿌려 놓았다. 아마도 그는 헨리 포드의 기록처럼, 경제적으로 올바른 것은 도덕적으로도 올바르며 좋은 경제와 좋은 도덕 사이에 모순은 있을 수 없다고 신봉하고 있는 듯하다. 기실 이와 같은 우등생의 모범답안 같은 논리를 허물 수 있는 이는 아무도 없다.

그 바탕 위에서, 일찍이 마르쿠스 아우렐리우스가 《명상록》

에 적은 바와 같이 벌통의 이익이 안 되는 것은 꿀벌의 이익도 안 된다고 여기는 것이 이 작가에게 하나의 신념이 아니었을까 싶다. 그의 벌통과 꿀벌은, 그 표현을 바꾸면 곧 경제와 문학이요 일상적 삶과 정제된 의식이며, 그의 소설은 이 양자를 변증법적으로 통합하려 한 성의 있는 시도였을 것으로 짐작된다.

이분이 쓴 '돈'에 관한 여러 소설들 그리고 우리 사회의 경제 의식을 반영한 세태 풍자와 비판적 의식의 여러 소설들은, 문인이자 경제인이라는 특수한 체험이 빚은 문학적 결과들이며, 그 양자에 대한 깊이 있는 통찰력과 그것을 소설로 형상화하는 시각의 원숙성이 생산한 성과들에 해당한다.

이분이 상재한 소설집 《청자 깨어지는 소리》의 작품 해설을 쓰면서, 필자는 '교환가치의 시대를 겨냥한 세 개의 화살, 그 통렬한 경고', '동시대의 민감한 상처, 실직 문제를 헤집는 두 개의 칼날', '관념을 구체화하는 두 개의 거울 그리고 사랑 이야기' 등의 중간 제목을 붙여 그 작품들을 민밀히 살펴보았다. 그리고 이 소설로서의 '화살과 칼날과 거울의 제작자를 위하여' 글을 마무리하면서, 이분이 더욱 노익장 하고 역부강 해서 우리에게 좋은 작품을 계속해서 만나는 유익과 즐거움을 선사해 줄 것을 요청했다.

노작가는 스스로 작가의 말에서, 앞으로 80여 세의 연륜에 걸맞은 '노인문학'을 하고 싶다고 술회했다. 거듭 강조하거니와 그 노인문학은 단순히 노년기의 작가가 쓴 소설을 말하는 것이 아니며, 그것은 노년기에 이르도록 지속적으로 작품 활동을 해 온 작가의 소설에서 생성되는바 원숙한 분위기와 세계관을 갖춘 문학을 말한다. 우리 문학의 황순원이, 서구 문학의 괴테가 그러했듯이, 이 80여 성상을 간직한 현역 노작가의 다음 작품이 그러한 원숙성으로 발현되기를 따뜻한 우호의 마음으로 기다려 본다.

날 선 시각과 부드러운 손길의
작가, 전상국

전상국의 소설은, 그 소설의 중심으로부터 시대 현실을 향해 내뿜는 눈길이 사뭇 삼엄하고 날카롭다. 그는 어린 시절에 전쟁을 체험한 화자의 세계 인식에서 출발하여, 그 전쟁이 지금 우리에게 남긴 질긴 상처의 그루터기를 빠른 속도감으로 훑어 나간다. 전쟁의 상흔과 분단의 아픔을 그처럼 정확하고 깊이 있게 짚어 낸 작가는 드물다. 〈아베의 가족〉이나 〈여름의 껍질〉 등의 작품은 그에 대한 탁발한 증명이다.

그에게는 또 다른 한 칼이 있다. 한때 자신이 직접적으로 체험한 교단생활을 자양분으로, 학교 사회의 위악적 상황을 통해 사회악의 뿌리를 제유법적으로 드러내는 것이다. 〈우상의 눈물〉이나 〈돼지 새끼들의 울음〉 등의 작품이 또한 그 선명한 예증이다.

그러나 그의 궁극적 속내는, 그러한 비판과 갈등의 벼랑에 서는 소설의 제작자가 되는 것이 아니다. 그는 위기의 강을 넘어 화해의 평원을 바라본다. 그렇기에 그의 고향은 정동적 화해의 바탕이요, 소설 속의 모든 균열의 자리는 그것의 치유를 위해 있다. 그의 소설이 생산하는 감동은 마침내 그렇게 부드럽게 감싸는 손길의 다른 이름이다.

이 글은 ‘문학의집·서울’의 제25회 수요문학광장의 소설가 전상국 편에 필자가 미리 썼던 ‘증언’의 문면이다. 비록 시간적인 문제로 팸플릿에 실리지는 못했으되, 필자가 평소에 생각해 온 전상국과 그의 소설에 대한 평가를 함축하고 있는 것이다.

그 당일, 3월 12일 전상국 선생의 강연은, 대체로 이러한 평가를 받고 있는 자신의 작품 세계가 실제적이고 구체적인 삶의 행적과 어떻게 상관되어 있는가를 설명하는 일로부터 시작되었다.

대학 4학년 재학 중에 〈조선일보〉 신춘문예에 〈동행〉이 당선되고 선생은 10년을 고향 강원도 홍천의 교직에 묻혀 작품을 쓰지 않았다. 그의 술회에 의하면, 그 10년의 기간은 ‘소비의 세월’이면서 동시에 ‘준엄한 수업 기간 10년’이기도 했다.

마침 그날은 선생의 은사 편운 조병화 선생이 타계하고 그 발인 장례 날이기도 했다. 선생은 향리의 교직에 묻혀 있던 자신을 느닷없이 모교 내의 경희고등학교로 불러올린 편운 선생을 엄숙한 어조로 회고했다.

교사로 있으면서 어린 시절의 체험을 바탕으로 분단 상황을 소재로 한 소설을 쓰기 시작하고 그것이 하나의 시대정신을 대변하는 소설적 성과로 확립되기까지, 선생의 삶은 늘 힘겨웠고 심리적인 고통의 연속이었다. 사정은 고교 교실을 소재로 한, 세계관이 성숙한 이후의 체험을 다룬 소설을 쓸 때도 마찬가지였다.

선생 자신은 그것을 자신의 성격이나 글쓰기의 창조적 고통으로 겸손하게 술회했으나, 그러한 현실과의 갈등 또는 길항을 나타내는 문제의식이 없었다면 오늘날 우리는 한 시대 분단문학의 천장을 친 그의 작품을 면대하기 어려웠을지도 모른다.

늦깎이로 경희대 대학원을 마치고 강원대 교수로 부임하여 다시 향리로 돌아간 선생은, 이제 이순의 연령을 넘긴 원숙한 시선으로 세상을 새롭게 관찰하는 작품을 쓰고 있다.

춘천 김유정문학촌의 촌장을 겸하고 있기도 한 선생의 삶과 문학이, 여전히 작품을 쓰고 있는 현역 작가로서의 역부강을 과시하면서 우리 문학사를 행복하게 하는 더 뜻깊은 소설들을 생산해 주길 간곡한 마음으로 소망해 본다.

김용성 선생님,
세월의 소중함을 배웁니다

'세월이 흐르는 물과 같다(歲月如流水).'고 하더니, 김용성 선생님, 선생님을 가까이 뵌 지가 꼭 30년이 되었습니다. 제가 군문軍門을 나와 경희대 국문과에 복학한 것이 1980년 봄이었습니다. 그때 우리의 은사 황순원 선생님을 모시고 '작단作壇'이라는 이름으로 모인 소설가 동인 모임에 따라갔다가 선생님을 비롯하여 전상국, 김원일, 유재용 등 당대의 작가들을 한꺼번에 만나는 복을 누렸었지요.

당시의 선생님은 막 불혹不惑의 고개를 넘는, 청춘이요 동안인 열혈 전업 작가셨고, 예나 지금이나 어리고 미숙하기 이를 데 없는 저는 20대 중반의 풋사과 같은 제대 복학생 대학생 시절이었습니다. 선생님은 이미 '리빠똥' 시리즈로 이름 높았던 장편소설 《리빠똥 사장》과 작품집 《리빠똥 장군》을 출간하고,

또 장편소설 《내일 또 내일》과 작품집 《홰나무 소리》 등 여러 단행본들을 출간함으로써 한국 문단에 성명盛名이 쟁쟁하던 시기였으니, 그 무렵 아직 문학의 길을 걷기를 망설이고 있던 저였으나 그와 같은 자리와 만남이 감동적이지 않을 수 없었습니다.

며칠 전 신문에 〈중앙일보〉 사장을 지낸 권영빈 씨가 〈'리빠똥'은 가라〉라는 시평을 썼더군요. 선생님께서 30여 년 전에 당대 사회를 예리하게 비판하고 풍자하기 위해 창안하셨던 그 이름 '리빠똥(똥파리를 거꾸로 쓴 말)'을 원용하여 동시대의 권력자들을 질타하는 글이었고 저는 속이 다 시원했습니다. 이렇게 올곧은 작가의 정신은 세상이 바뀌어도 여전히 효력 있는 대사회적 경고의 메시지가 될 수 있는 것이었습니다.

1982년 선생님은 늦깎이 학생으로 경희대학교 대학원에 입학하셨고, 저는 선생님과 입학 동기생이었습니다. 돌이켜 보면 경희문학의 역사상 그때와 같은 문학의 르네상스요, 경향으로는 질풍노도의 시대가 다시 있기는 어려울 것으로 생각됩니다. 참 대단한 상황이 벌어졌었지요. 신봉승, 전상국, 조태일, 조세희, 정호승, 박남철, 신덕룡, 박덕규, 하응백, 서하진 등의 문인들이 강의실을 채우고, 황순원 선생님의 강의가 끝난 날이면 밤이 늦도록 회기동 바닥의 주점을 휩쓸며 호연지기와 고성방가를 함께 자랑했었지요.

그러나 모두가 그러한 대책 없는 겉멋에 길들여지고 있을 때에도 선생님은 성실하고 관록 있는 학생으로서 모범이 되셨습니다. 한 번의 지각도 결석도 없이 충실한 발표와 리포트 제출로 후배 학생들에게는 원망의 표적標的이 되신 것을 아셨는지요? 실은 그와 같은 성실성이 오랜 세월을 전업 작가로 버티게 했고, 곧바로 박사 과정을 거쳐 인하대 교수로 걸어 나간 추동력이었다고 저는 믿습니다. 콩 심은 자리에 콩 난다는 저 고색창연한 옛말은, 선생님에 이르러서도 불변의 진리였던 것 같습니다.

하지만 선생님은 결코 책상 앞의 일만 바라보는 고리타분한 글쟁이가 아니셨습니다. 당시의 우리 후배들은 모두가 선생님과 함께한 곳에서는 늘 밥과 술을 얻어먹었습니다. 한 사람한 사람을 성의 있게 대하시고 마음에 맞지 않을 때는 쓴소리를 사양하지 않으셨습니다. 그래서 저는 세상 위로 날 수 있는 날개가 생긴 이후로 내내 선생님을 모신 곳이면 어디서든 밥값 술값을 내겠다고 스스로 다짐하기가 여러 번이었습니다.

선생님.

저는 지금도 제가 한 학기 동안 연구원으로 일하던 중앙도서관의 밝은사회문제연구소 출입문을 열고 중편집《밀항》을 건네주시던 선생님의 모습이 눈앞에 생생합니다. 그 일은 저로 하여금 본격적으로 김용성 문학 연구자가 되게 하는 서곡이었습니다. 선생님의 전 작품을 읽고, 비평의 글을 쓰고, 역작《도둑일기》의 해설을 쓰고, 김용성 문학적 연대기를 쓸 수 있었던 것은, 좋은 작가와 작품을 만난 평론가로서의 제 복이었습니다. 저는 선생님의 작품을 통하여 삶과 문학 속에 숨어 있는 많은 세상살이 이치를 배웠습니다.

우리에게 어떤 사람이 소중한 것은 기실은 그와 더불어 보낸 시간의 소중함이라는 것이 변함없는 제 지론입니다. 우리는 크고 대단한 것에 감동하지 않습니다. 작지만 진실한 것, 조촐하지만 품격 있는 것들이 심금心琴을 울립니다. 한국문학의 20세기 후반을 화려하게 장식한 선생님의 명성보다도 더 중요한 많은 소박한 작은 일들이, 선생님과 부족한 후배인 저 사이에 쌓여 있습니다. 제가 이렇게 용감하게 선생님께 글을 드리는 배경에는 이 상관성의 구조에 대한 저의 믿음이 잠복해 있습니다.

선생님을 모시고 여러 가지 일을 해 온 세월도 이제는 짧은 시간의 단위를 훨씬 넘어섰습니다. 선생님은 시금 경희문인회 회장으로서 4백 명이 넘는 경희문인들을 이끌고 계십니다. 많은 후배들이 선생님의 문학 세계와 작가로서의 품성을 존경하고 따릅니다. 좋은 어른이 계신 것이 어느 공동체이든 축복이 아니겠습니까마는, 오늘의 경희문인회가 해마다《경희문학》을 단행본으로 내고 2천만 원 상금의 경희문학상을 시상하며 다른 대학 출신 문인들의 부러움을 받는 것은 선생님 같은 어른들이 계시기 때문입니다. 저는 선생님을 대학의 선배로, 문단의 선배로, 해병대의 선배로 모시는 세 겹의 은혜를 입었습니다.

선생님을 좌장으로 하여 다수의 경희문인들이 황순원 선생님의 말년을 모신 것은 참 아름다운 추억으로 남아 있습니다. 그와 같은 심정적 유대를 바탕으로 경기도 양평군 서종면에 황순원문학촌 소나기마을이 조성되었고, 선생님은 그 마을의 촌장을 맡고 계십니다. 개장 2년째 되는 올해에 내방객이 많을 때는 하루 천 명을 넘어서는 성공적인 문학 테마파크가 되었습니다. 촌장을 맡고 계시는 선생님과 사무국장을 맡고 있는 김기택 시인의 맑고 깨끗한 이름은 소나기마을을 한결 값있는 처소가 되게 합니다.

선생님.

시대를 한참 거슬러 올라가 보면, 선생님께서는 대학 4학년이시던 1963년 〈한국일보〉 장편소설 공모에 《잃은 자와 찾은 자》로 당선하셔서 문단의 큰 화제가 되었습니다. 그 상금이 그때 화폐로 6백만 환이었고 서울 시내에 좋은 기와집 두 채 정도를 살 수 있는 금액이었다고 알고 있습니다. 그렇게 출발한 작가의 길이라고 해서 절대로 장미꽃이 뿌려진 탄탄대로는 아니었을 것입니다. 그러나 선생님은 한국문학이 포용하고 있는 문학의 넓은 전시장에, 선생님의 명호가 선명한 뜻깊은 기념비를 세우셨습니다. 얼마나 귀한 일입니까. 제가 쓴 김용성론의

한 부분은 다음과 같이 선생님의 작품 세계를 평가하고 있습니다.

　김용성의 소설은 대체로 간결하고 평이한 문체로 객관적인 서술의 행보를 유지한다. 그의 작품들은 멀리로는 역사성을 가진 통시적인 문제, 가까이로는 당대의 공시적인 문제들에 대해서 강렬한 사회사적 관심을 함축하고 있으며, 타락해 가는 사회 속에서 타락해서는 안 될 인간의 정신적 순수성을 끈질기게 추구해 왔다. 그것을 표현하는 소설의 제재는 세속적인 저잣거리에서 폐쇄적인 군문에 이르기까지 우리 사회의 여러 면모에 폭넓게 이르고 있으며, 그동안의 그 다각적인 성과만으로도 우리 문학이 끌어안고 있는 소중한 작가의 한 사람으로 기록되고 있다.

　한 작가가 지속적인 작품 활동과 함께 연륜을 더해 갈 때, 우리는 거기서 역사 과정의 한 시기에 숭섬을 둔 작가가 담보할 수 있는 바 중후하고 원숙한 분위기의 문학을 만나게 된다. 서구의 괴테나 우리 문학의 황순원이 이미 그와 같은 사실을 작품을 통해 웅변으로 증명했다. 더욱이 그가 우리 현대사의 온갖 파고와 질곡을 모두 밟아 본 경험의 소유자라면, 우리는 그의 문학을 통하여 그 공동체적 경험의 본질적 의미를 반사하고 또 반성적으로 성찰하게 하는, 유익한 '거울'을 얻게 될 터이다. 이는 자신의 문학이 그 자신의 삶을 인도하는 '램 프'가 되는 자격 못지않게 중요하고 뜻깊은 역할일 것이다.

김용성 선생님.

선생님은 소설 이외에도《한국 현대문학사 탐방》과 같은 발품이 드는 저술을 통하여 한 신실한 작가의 궤적과 행동반경을 증거 해 보이셨습니다. 마치 우리의 스승 황순원 선생님의 세계가 그러하듯이, 우리는 선생님에게서 한 작가의 인품이 작품 속에 투영되어 그 문학성을 확장하는 사례를 목도합니다. 많이 모자라고 여전히 부실한 제게 아드님 결혼의 주례를 맡기셨던 것은, 오히려 저더러 더 반성하며 더 열심히 살라는 격려로 이해하고 있습니다.

선생님.

부디 더욱 노익장 하시고 역부강 하셔서, 저희들로 하여금 계속해서 좋은 작품을 만날 수 있는 기쁨을 누리게 해 주시기를 바랍니다. 마음으로부터 존경해 마지않는 선생님께, 평소의 정을 다하여 삼가 이 글을 드립니다.

'신화적 상상력'을 소설의 텃밭에 일군 작가 한승원

한승원 선생을 '문학의집·서울'의 수요문학광장에 모신 시월상달의 첫날은, 꼭 무슨 뜻깊은 분위기라도 형성하려는 듯 부슬부슬 비가 내렸다.

말씀의 서두에서 선생은 "소설이나 시를 쓰는 일은 우주 읽기의 오독誤讀"이라는 의미심장한 화두를 내놓았다. 그러나 그 설명은 듣기 편안했다. 일찍이 김동리가 서정주에게 시 한 구절을 들려주기를, '벙어리도 꼬집히면 우는 것을'이 그 구절이었는데, 서정주는 여기에서 '꼬집히면'을 '꽃이 피면'으로 듣고 무릎을 치며 절창이라 상찬했다는 것이다.

선생은 이를 '아름다운 오독'이라 호명하고 "모든 사람은 오독할 권리가 있다."고 단정해 말했다. 그리고 자신의 문학이 "우주에 대한 오독"이라고 덧붙였다.

왜 오독이 하나의 권리이냐 하면, 나비와 나방이 다르듯이 이 세상의 모든 존재는 서로 다르고 그 나름의 은유법을 끌어 안고 있기에, 오독이야말로 독창적 시각의 시발이요 또 독창적 문학의 시발이라는 논리인 터였다. 선생의 말씀에는 세상의 은밀한 비밀을 엿보거나 그것을 즐겨 성문화成文化해 온 작가의 예리한 눈길이 잠복해 있어, 청중들은 기꺼이 설득당할 수 있었다.

선생은 데리다의 해체주의가 동양의 선禪에서 어떻게 참고 자료를 얻었는가, 곧 어떻게 '커닝'했는가를 설명했으며, 또 불가佛家의 화두나 묵언이 어떻게 우주 읽기를 수행하는가를 설명했는데, 이 거대한 정신적 차원의 논의들이 작품과 결부될 때에는 '신화적 상상력'의 형틀을 빌려 오고 있었다.

선생이 말한 신화는, 인간의 삶 전체를 떠받치고 있는 기층적 의식이요 환경이며, 그의 유년 시절과 고향의 체험에서부터 지금까지의 삶 모두를 포괄하고 있는 이야기 공간으로 들렸다. 선생은 신화는 진리 그 자체는 아니로되, 그 배경이 되는 것이라고 했다.

그러므로 신화적 상상력을 소설화한다는 것은, 우주 공간에 편만해 있는 숱한 이야기성의 재료들을 문학적 형틀에 걸맞도록 다듬는 일이었다. 실제로 선생의 소설 세계를 두루 더듬어 보면, 그와 같은 원초적 재료가 어떻게 각각 빛나는 생명력을 담보하고 있으며 어떻게 제각각의 보석으로 다듬어졌는가를 목도할 수 있다.

선생은 신화적 상상력이 소설로 전화할 때, 예컨대 실제적인 삶의 공간에서 부녀간의 근친상간이 이루어졌다 할지라도 그것이 이야기 공간으로 옮겨 올 때에는, 내용의 변형이 이루어진다는 예화를 들었다. 즉 소설과 같이 일반에 근접하는 유형화된 이야기에서는 딸이 자살하는 사태가 발생할 수밖에 없다는 것이다.

거기에 하나의 '힌트'가 있었다. 선생은 자신의 우주 가운데서 발견한 이야기의 소재를 자기 방식으로 가공하면서, 거기서 자기만의 글쓰기 형식을 가꿀 수 있었던 것이다. 복잡다단한 이야기들의 텃밭에서 선생은 정신적 차원의 '절대정신'을 붙들 수 있었고, 그것은 세상사를 꿰뚫어 보는 명료한 시각이 되었던 듯하다.

선생의 소설에 자주 등장하는 그 화두나 동양의 선 의식은, 선생이 발견한 천하일통의 정신적 원리, 신화적 상상력과 가공된 소설의 진실성이라는 명제로 설명될 수 있을 것 같았다.

김재홍, 시에 바친 필생의 꿈과 정열

오늘날 우리 문단 또는 국문학계에서, 한국 현대시사의 정돈과 평가를 마음 놓고 의뢰할 만한 평론가요 국문학 교수를 호명하라고 한다면, 그 숫자가 얼마나 될까? 많은 사람들이 있지만, 정말 객관적 신뢰성을 갖춘 사람을 손꼽기는 한쪽 손을 넘지 못할 것이다. 김재홍 평론가! 그는 그 가운데서 맨 오른쪽으로 나설 만한 자격과 실력, 그리고 그것을 적층하는 세월의 얼개를 간직하고 있는 분이다.

필자가 대학원에서 박사 학위를 마칠 무렵, 이분은 학과의 교수로 부임해 오셨고 학위논문 심사위원 중 한 분이셨다. 그런 연유로 비록 강의실에서 수업을 받은 바는 없으되 필자는 이분을 학문적 스승으로 생각하고 있는 터이다. 실제로 같은 학과에서 선배 교수로 모시고 있는 지금도 스승의 자리에 계시도록 하는 존경의 심정을 갖고 있다.

1947년 충남 천안에서 나시었으니, 이제 올해로 꼭 이순의 연세에 이르셨다. 일찍이 시골 출신의 수재들이 모이던 서울대 사범대학을 거쳐 대학원에서 국문학으로 박사 학위를 수득할 때의 그 논문이 〈한용운 문학 연구〉였던 인연으로, 그 후 만해 한용운은 이분의 문학과 삶에 주요한 하나의 지표가 되었다. 만해학회와 만해사상실천선양회의 조직, 《만해새얼》의 발간, 국정 중학국어 3-1에 수록된 〈만해 한용운〉도 그렇거니와, 이분이 캐치프레이즈처럼 끌어안고 있는 '생명사랑·인간사랑·자유사랑'의 시학도 만해 사상에 그 연원을 두고 있는 바이다. 그 동행의 기간 또한 원숙한 연륜에 도달했으니, 그야말로 우리가 쉽사리 알지 못할 맺어짐이 그 사이에 있는 듯하다.

우리가 익히 아는 대로 이분은 약관의 청청한 나이에 육사의 교관으로 출발하여 충북대, 인하대, 경희대를 거치면서 여기까지의 온 생애를 대학 강단에서 보내셨다. 때로 그 강의나 강연을 들을 기회가 있어 귀를 세우고 있을 참이면, 해박한 지식과 강력한 설득력을 바탕으로, 실력 있는 강의의 카리스마란 바로 저러한 것이로구나 하는 느낌이 들곤 한다. 특히 대학원에서 함께 논문 지도를 할 때에 곁에서 관찰하노라면, 무척 엄한 분이지만 그 지도를 잘 뒤따라가면 지도받은 논문이 한 단계를 뛰어넘어 승급의 '행운'에 직면하게 되는 것을 자주 목도할 수 있었다.

삼십수 년을 헤아리는 교편생활에 이분이 생산한 숱한 제자들이, 여기저기 우리 문단과 대학의 강단을 채우고 있다. 육사의 이기윤 교수와 추계예술대의 윤호병 교수 등 육사 교관 시절의 제자들, 충북대의 정효구 교수를 비롯한 충북대 교수 시절의 제자들은, 이분이 그야말로 '태양처럼 젊었을 때' 사제지간으로 묶여 오늘에까지 이어 오는 귀한 연분들이다. 충북대 교수 시절의 제자이며 시인이자 문학평론가인 정한용 선생은, 그 스승의 부임지를 따라 석사 학위는 인하대에서, 그리고 박사 학위는 경희대에서 취득한 '끈기'의 주인공이다.

경희대에서 이분이 기른 제자들은 가천길대학의 조영숙 교수, 경원대의 정현숙 교수, 청주과학대학의 한원균 교수, 경희사이버대의 홍용희 교수 그리고 경희대의 이선이 교수 등 벌써 여러 면면을 자랑한다. 이들은 시인 또는 문학평론가로 활발한 문단 활동을 하고 있기도 하다. 그 외에 문학평론가로 문단에 나온 이성천 선생, 이홍섭 선생 등이 또한 이분의 제자들이다.

청운의 꿈에 부풀던 20대 초반, 1969년에 문단에 나온 이래, 이분은 문단 모임에 참석하기를 즐기지 않았고 파벌에 참여한 적이 없었다. 그러나 현대문학상, 김환태평론문학상, 녹원문학상, 편운문학상 등이 증빙하는 바와 같이, 사람들은 초연히 자기의 길을 가는 이 '외로운 사자' 같은 평론가에게 존중의 뜻을 공여했고, 성실한 비평가요 연구자로서의 그 위상을 인정할 수밖에 없었다.

김재홍 교수의 학문적 결실은, 기실 그 내용에 대한 설명보다 그 논문과 저술의 명호를 일렬로 제시하는 것이 훨씬 더 효율적인 설명의 방식이 될 터이다. 1978년 31세에 처음으로 나온 평민사 간행《한국전쟁과 현대시의 응전력》이후 2002년 문학수첩 간행《현대시와 삶의 진실》에 이르기까지 20여 권의 저서는, 이분의 학문적 이력이면서 동시에 그 학문의 세계에 성실한 땀과 노력으로 아로새긴 정신사의 발자국이다. 이 저술들은 그 개인의 학문적 방향성을 언표 함과 더불어 우리 문학이 선 자리의 좌표와 앞으로의 전망을 예단하는 소중한 자산들이다.

특히 1997년 고려대학교출판부에서 나온《한국현대시 시어사전》은, 우리 시문학 연구에 있어 하나의 에포크를 이루는 중요한 저술이다. 필자가 듣기로 이분은 여기에 잇대어 '시학사전'과 '시인사전'을 계획하고 있어, 그 발전적 열성과 줄기찬 지력이 어떤 에너지로부터 말미암는 것인지 궁금할 따름이다.

비록 한 인물의 한 분야에 집중된 헌신이 돌올하다 하더라도, 이를 그 생애를 가름하는 수준으로 견주어 말하기는 매우 조심스러운 일이로되, 적어도 김재홍 교수에 있어 시 전문 문예지 계간《시와시학》은 바로 그 조심스러운 발화를 뛰어넘어 '김재홍 교수가 시와시학이요, 시와시학이 김재홍 교수이다.'라는 단정적 표현이 가능하리라 여겨진다.

이는 이분이 한 평교수로서 문예지의 편집과 발행에 따른 재정 부담을 감수하며 강산도 변한다는 십수 년 세월에 지령 60여 호의 이 《시와시학》을 이끌고 왔다는, 그 세월만을 말하는 것이 결코 아니다. 그 세월의 갈피갈피에 갈무리되어 있는 남모르는 탄식과 눈물, 남모르게 밤을 밝히며 고뇌한 그 가열한 정신적 고투를 짐작하고서 하는 말이다. 직접 제정하여 운영한 '시와시학상' 시상을 비롯하여 매 계절 잡지가 나올 때마다 누릴 수 있었던 빛나는 영광은 잠깐이요, 그 수면 아래 잠복한 깊고 긴 시간을 노심초사 애쓰며 보내지 않을 수 없었을 것임을 우리는 따뜻한 마음으로 반추하며 함께 걱정하고 위로해야 마땅하다.

어떻게 그것이 가능했을까? 어떻게 그 장구한 세월에 금쪽같은 시간과 여의치 않은 예산을 마련해 가며 온몸을 던지는 것이 가능했을까? 그동안의 오랜 생각 끝에 필자가 찾아낸 해답이 있다. 그것은 곧 시, 우리 시에 대한 이분의 들끓는 사랑과 그 정열 때문이었을 것이 분명하다. 나라나 직분을 위해 목숨을 던지는 순국과 순직이 있듯이, 이분에게는 시를 위해 모든 것을 던지는 '순시'의 정열이 있었기에 그것이 가능하지 않았겠는가 말이다.

혹여 한동안 EBS 교육방송에서 이분이 진행한 시 강의를 청취한 일이 있는가? 그렇다면 어렵지 않게 필자의 어투를 이해할 수 있을 것이다. 거기서 실연으로 볼 수 있었던 이분의 시 낭송이 하나의 퍼포먼스 수준이었다는 세평이 있지만, 이는 시 그 자체를 가슴에 가득히 받아들이는 열린 마음으로 가능한 일이지, 차갑게 정제된 머리로 시를 분석하는 마음자리에서는 생산될 수 없는 성격의 것이었다.

이분에게 있어서 시와 문학은, 언제나 생명 있는 대상을 향한 '진실 법칙'으로 채색된 것이었으며, 그 대척적 지위에 있는 '현실 법칙'은 문학의 숨은 진실을 디딤돌로 의연히 넘어서는 것이었다. 그런 만큼 이분은 사람들과의 만남에 있어서도 그 문학적 인연을 참으로 소중하게 여겨 왔으며, 그 상징적 움직임은 이분이 자신의 책을 서증할 때 휘호로 즐겨 쓰는 '부세청연浮世淸緣 선연선과善緣善果'에 손바닥 안의 그림처럼 잘 나타나 보인다.

필자에게는 문단과 학문에 있어 스승의 자리에 있는 분이요, 학과의 선임 교수인 분이다. 그런가 하면 벌써 5년에 이른 계간 문예지《문학수첩》에서도 창간 편집위원으로 모시고 일했던 분이다. 이 여러 겹의 인연이 그분의 말씀대로 선연선과로 맺어질 수 있기를 바라 마지않는다.

학자요 교수요 평론가로서 앞만 바라보고 달려온 지 어언 삼십수 년의 성상! 근래에 와서 이분은 자꾸만 강단에 설 남은 날이 그리 길지 않다는 말씀을 하시곤 해서 숙연해지곤 한다.
부디 오래도록 역부강 하셔서 우리 문학과 국문학계에 저 하
늘의 별빛처럼 빛나는 수발한 업적을 많이 남겨 주시길, 평소
의 존경을 다해 간절한 마음으로 소망해 본다.

신덕룡, 우리 시대의 청청한 선비정신

조선시대의 문신이요 학자였던 성삼문成三問이 '투사'일 수 있었던 것은, 그가 세상살이의 올바른 원리를 꿰뚫어 볼 줄 아는 '시인'이었기 때문이라고 필자는 늘 생각해 오고 있다.

그가 옥중에서 남긴 시조, 〈이 몸이 죽어 가서 무엇이 될고 하니……〉는 투사의 노래이지만, 마지막으로 남긴 오언절구의 한시, 〈북소리 내 목숨을 재촉하는데……〉는 시인으로서의 품성을 반영하고 있다.

그에게 있어 시인은 투사보다 훨씬 큰 자리이다. 시인으로서의 정신적 넉넉함이 투사의 날카로운 의지를 감싸고 있었기에, 그는 끝까지 올곧은 절조를 지킬 수 있었을 터이다.

한 사람의 학자 또는 교수, 그리고 문학평론가로서 신덕룡이 가진 천생의 푸근함은, 필자로 하여금 저 5백수십 년 전의 시인 성삼문이 가졌던 그 정신적 넓이, 그 정신적 승리를 떠올리게 한다.

신덕룡은 1956년 경기도 용문에서 출생했다. 용문龍門이란 지명이 풍기는 범상치 않은 내음이라든지, 용문사나 용문사의 은행나무 등속이 거느리고 있는 유다른 분위기는, 신덕룡의 인품이 가진 내포적인 힘과 어떤 상관성이 있으리라고 필자는 생각하고 있다. 그의 이름 덕룡德龍에도, 어쩌면 그가 드러내어 말하지 아니한 숨은 비밀이 하나쯤 있음 직도 하다.

기호 지방 출신으로서, 일찍이 이중환이 《택리지》에서 묘사한 경중미인鏡中美人의 깔끔한 자기관리가 신덕룡의 몫인가 하면, 사람들을 대할 때는 늘 훈풍의 부드러움이 함께하는 장점을 그는 지녔다.

그의 이와 같은 삶의 태도는 일생의 업으로 삼고 있는 문학 비평에도 스미어 있어서, 작품에 대한 다각적인 가치의 발견과 작가를 위한 따뜻한 길잡이의 역할을 함께 끌어안고 있는 편이다.

신덕룡은 1985년 《현대문학》에 신동욱 선생의 추천을 받아 작품을 발표하면서 평론가로서의 길을 걷기 시작했다. 그때 그는 경희대학교 대학원에 재학 중이었으며, 당초 고전문학을 전공할 의향을 갖고 있다가 현대문학 비평으로 방향을 바꾼 참이었다.

그의 대표적 저서 《진보적 리얼리즘 소설 연구》는 성실하게 잘 작성된 것으로 알려졌던 박사 학위 논문이며,《문학의 이해》와《농민의 땅》및《폭풍》등 공저와 편저를 갖고 있다. 1993년에 발간된 첫 평론집《문학과 비평의 언어》는, 신덕룡의 초기 평론 활동에 대한 중간 결산이며 그 관심의 범주와 비평적 지향점을 짐작할 수 있게 한다.

그는 이 평론집의 서문에 이렇게 적고 있다. "비평 행위란 말 그대로 문학작품의 가치를 규명, 평가하고 보다 나은 방향을 제시하는 것이리라. 전자가 작품 분석을 통해 그 예술적 성과를 밝혀내는 것이라면, 후자는 새로운 비판적 대안을 제시하는 일이다."

그가 말한 이 '전자'와 '후자'는 궁극적으로는 하나의 꿰미로 연결되어 있으며, 작가와 작품에 대한 관심과 애정에 바탕을 두고 있다 할 것이다.

바로 그 애정이 작품의 내포적 진정성을 추적하고 탐색하는 힘이며, 그렇기에 그의 비평은 예리한 분석이나 표현의 묘미를 앞세우기보다는 진중하고 차분하며 깊은 사유의 움직임을 뒤따라가는 형국을 이룬다.

그는 시론과 소설론에 두루 걸쳐 많은 작품을 면대하고 있으며, 근자에 그가 써서 올해의 김달진문학상 평론 부문 수상작으로 결정된 〈눈부신, 새살처럼 돋아 오는 아픔—김지하론〉은 신덕룡 비평이 포괄하고 있는 진솔한 탐색의 정신을 약여히 드러낸 작품이라 할 터이다.

　필자가 신덕룡을 처음 만난 것은, 1975년 경희대학교 국어국문학과 1학년 신입생의 동기동창으로 문리과대학 강의실에 서였다. 그는 얼핏 나이보다 숙성해 보였고 처음부터 얼굴에 사람 좋은 웃음을 담고 있었다.

　그가 '사람 좋은' 인물인 것은 신입생 환영회의 주석에서, 우리끼리 마주 앉은 대학가 목로주점에서, 그리고 주로 그가 과 대표로서 주선한 과 모임과 야유회 따위에서 수시로 증명되었으며 그 증명은 시종일관 변함이 없었다.

　그는 결코 우등생의 모범답안 같은 삶의 방식을 내미는 법이 없어서, 가끔 필자는 이병주의 소설 《행복어사전》에 주인공으로 신덕룡을 대입해 생각해 보기도 한다. 그러나 그렇다고 남들보다 뒤처지고 침윤해 있는 법도 없었다. 애써 아옹다옹하지 않으면서도 언제나 자기 몫의 소임을 충분히 감당하고 있는, 편안하고도 확실한 인물이 신덕룡이었다.

　필자가 가까운 친구들 가운데 가장 먼저 군문에 입대할 때, 그는 모든 뒤치다꺼리를 다 해서 환송했다. 2년 6개월의 복무를 마치고 복학했을 때, 그는 대학원에 재학 중이었으며 학과의 조교를 맡고 있었다. 조교로서의 행정적 책임과 1980년대 초반을 도도히 관류하던 민주화의 열기 사이에서, 그의 입지는 매우 난처하고 궁색했다. 그러나 그가 '논리'보다 '인품'이 앞

서는 인물이었기에, 오히려 그 난국을 잘 넘어올 수 있었을 것
이다.

그가 대학 캠퍼스 안의 임간교실에서 마치 영화의 한 장면
처럼 결혼식을 거행할 때, 필자는 그 식전의 사회자였다. 그 자
신의 말처럼 여복女福이 많아서, 현숙하고 지혜로운 부인 외에
도 그에게는 애지중지하는 세 딸 아리, 우리, 두리가 있다.

갓 결혼하고 서대문구 어디 산동네에 살 때, 우리 몇 사람이
집들이를 갔었다. 그는 저 조선시대의 청빈한 선비처럼 허허로
운 웃음으로 우리를 맞았고 부인의 얼굴에도 전혀 구김이 없
었다. 비가 많이 오면 '푸세식' 화장실이 넘치는 곳이었지만, 이
들 부부의 쾌청한 마음먹이를 허물지는 못했다.

필자와 신덕룡은 입학 초기부터 지금까지 원로 작가 황순
원 선생을 함께 은사로 모시고 있다. 우리는 그 어른께 인간의
순수성과 아름다움을 배웠으며, 그 은연중의 가르치심에 감복
하여 해마다 정초가 되면 세배를 드리러 가고 또 두세 달에 한
번꼴로 그분을 모신 보신탕 모임을 열고 있다.

지난 정초에는 그가 문득 큰딸 아리를 데리고 나타났다. 중
학생으로 방학이면 국토순례대행진 등의 행사에도 참가하는
다부진 그 아이에게, 아이 아버지의 친구로서 우리는 작은 선
물을 했다. 황순원 선생을 포함하여 그날 세배객으로 모인 한
국 문단에 빛나는 문인들의 서명을 받아, 아리에게 기념으로

전해 준 것이었다.

　필자와 신덕룡은 문학평론의 기초를 당시 경희대 국문과에 재직 중이던, 지금은 고려대로 옮겨 간 최동호 선생께 배웠다. 창작 분야의 시인과 작가는 풍성하고 흥왕하지만 이론과 비평의 경우는 불모지에 가까웠던 경희대에서, 우리는 이를테면 평론가 일 세대를 형성하는 역할을 맡아야 했다. 물론 그 배면에는 최 선생의 눈에 보이지 않는 수고와 격려가 큰 힘으로 잠재해 있었다.

　그 뒤를 이어 많은 평론가들이 쏟아져 나왔고 그 무렵에 좋은 시인 및 작가들도 양산되었으며, 지금도 비평문학을 공부하는 분위기는 '현대문학연구회'라는 학내의 학술 모임과 더불어 맥맥이 이어져 오고 있다.

　신덕룡에게 있어 인간과 문학은 결코 별개의 것이 아니다. 그의 사람됨이 문학의 영역을 넉넉하게 하고, 그의 사유하는 정신은 자신의 문학을 선하고 아름다운 자리로 이끈다. 더불어 문학으로부터 힘입은 정신적 금도襟度와 내면적 충일함은, 그를 더욱 미더운 품성의 주인으로 밀어 올린다. 요컨대 그는 천생의 문학인이요, 일생을 두고 문학적 사유 속에 살 사람이다.

　허물없이 가까이 지내면서도 존경할 만한 친구를 갖고 있다면, 그것은 참으로 행복한 일이 아닐 수 없다. 그런 점에서 필자는 행복하다. 신덕룡은 필자가 '숨은 보화'처럼 간직하고 있는, 몇 안되는 존경하는 친구 중의 한 사람이다.

그는 지금 저 남녘 광주대학교의 문예창작과 교수로 있다. 어느덧 그는 광주 사람이 되었고, 그 지역사회의 문화 인물로도 소정의 역할을 맡고 있다. 그가 편집위원으로 참여하는 시 전문 계간지 《시와사람》은, 이제 정상 궤도에 접어들어 중앙 문단에서도 그 수준과 내용에 대한 후한 점수를 내고 있다.

그가 재직하고 있는 문예창작과가 소속되어 있는 광주대 예술대학의 학장은 시인 조태일 선생이다. 조 시인은 우리 경희대 국문과 선배이며, 현재 과 동창회장을 맡고 있기도 하다. 이 두 사람과 함께 늦깎이 대학 공부를 마친 작가 김용만 선생이 지금 경희대 대학원에 적을 두고 있다.

이런저런 연유로 한 학기에 한 번쯤 가까운 몇 사람이 최동호 선생을 모시고 광주의 신덕룡을 찾아간다. 남도 지방의 산행이나 숙박, 유적지 방문 등의 시간 계획은 주로 그의 책임이다. 하지만 그는 단 한 번도 싫은 기색을 한 석이 없으며, 그의 변함없는 성격을 믿고 미련하게도 우리는 자꾸만 그에게 짐을 지운다.

우리와 마찬가지로 그에게 짐 지우는 이들이 많은 탓인지, 지난번에 만났을 때 그는 자꾸만 머리가 빠진다고 걱정을 했다. 글쎄, 머리가 훤히 빛나는 그의 모습은 잘 상상이 되지 않지만, 설사 그러하더라도 그는 사람 좋은 웃음을 버리지는 않을 것이다.

그 자신은 자신의 불교 신앙에 대해 가벼이 말하지만, 필자가 보기로는 독실한 수준을 넘어 종교적 승급의 차원으로 이르고 있는 것이 아닌가 싶다. 그는 그리하여 덕산德山이란 법명을 얻고 있다고 부끄러워하며 말했는데, 그의 신심이 어떤 행로를 열어 갈지는 또 다른 관찰과 서술을 필요로 할 것 같다.

인생의 봄날처럼 젊었던 시절에 만났던 그와 필자도, 어언 불혹의 마루턱을 넘어 그 중반에 접어들고 있다. 이제는 우리가 살아온 날보다 살아갈 날이 더 짧은 지점에 이르렀다.

이 나이에 도달하여서도 필자는 여전히 그에게서 배운다. 필자가 출렁거리는 물결처럼 요란하게 사는 편이라면, 그는 흔들리지 않는 암반처럼 굳센 삶의 뿌리를 내리고 사는 편이다.

그에게는 언제나 자신의 이름 석 자를 지키며 그 정명주의正名主義로 일관해 온 옛 선비의 청청한 기품이 느껴진다. 그러한 까닭으로 앞으로도 그의 삶과 문학에서 생동하는 기력을 기대하려는 필자의 소망은 헛되지 않을 터이다.

그래서 감사한다. 필자에게 신덕룡과 같은 사형詞兄이 있다는 사실을 감사하지 않을 수 없기에, 그의 김달진문학상 수상을 평소의 우정을 다해 축하하면서 이처럼 두서없는 글도 기꺼운 마음으로 쓰고 있는 것이다.

4
경계를 넘는 길목

誤
讀

먼 나라, 가까운 마음의 문학

1989년, 서울 올림픽이 끝난 이듬해에 처음으로 중국을 여행했다. 아직 중공으로 불리던 때이고 미수교국이라 특별 여행 허가를 받아야 하는 형편이었다. 여러 가지로 까다로운 절차를 거치는 동안 마음속에 쌓였던 피로감이 말끔히 걷힌 것은, 연변조선족자치주의 주도 연길시에서 백두산으로 가는 그 옛 모습의 시골길 위에서였다. 길가에서 만난 우리 동족 조선족들의 순박하고 훈훈한 삶이 너무도 감농적이었넌 까닭에서였다.

내 어린 시절 시골 마을의 아낙네요 아저씨 같은 이들이, 따뜻한 마음으로 건네는 스타킹 하나에 고마워하고 일회용 라이터 하나에 덥석 두 손을 맞잡곤 했다. 주는 이도 동정이 아니었고 받는 이도 비굴하지 않았다. 이 여행에서 나는 연길시의 서점들을 돌며 조선족 작가들의 작품집을 가방이 넘치도록 사 왔다. 국적은 다르지만 우리 민족의 고유한 삶과 습속이 거기에 담겨 있다고 여겼다. 그리고 중국 조선족 작가 작품선집 《볼우물 조선 처녀》를 엮었다.

지금은 너무도 상황이 달라져서 중국도 이미 그때의 중국이 아니요 여행자들도 벌써 그때의 여행자들이 아니다. 그러나 대대로 물려받은, 겉으로는 보잘것없어 보이는 그 민족의식을 소중히 알고, 그 말과 글을 이어받으며 살아가는 사람들이, 내게 왜 그토록 가슴 저리는 연민을 불러일으켰는지 아직도 잘 설명할 수가 없다. 굳이 여기에, 유대인들이 나라를 잃고 2천 년을 유리 방랑하면서도 민족적 연대감을 잃지 않은 것은 민족 언어의 교육, 보존, 계승을 지상의 과제로 삼았기 때문이었다는 사례를 들 필요도 없다. 그렇게 절실하게 느껴지는 것은 곧 그 문제의 본질이 가진 진정성의 힘을 말한다.

세월이 흐르고 나는 대학에서 문학 이론을 가르치면서 어느덧 북한문학과 해외동포문학에 관심을 가진 연구자가 되었다. 중앙아시아의 카자흐스탄과 아프가니스탄의 고려인 문인들을 찾아갔을 때도, 일본의 조총련 계열인 문학예술가동맹 문인들과 와세다 대학에서 문학 심포지엄을 열었을 때도, 시간과 공간은 달라졌으되 이와 같은 감동은 다를 바가 없었다. 그리고 미국 로스앤젤레스, 뉴욕, 샌프란시스코 등지의 문인들과 문학 세미나를 함께 하고 문학 기행에 동행하면서도 그러했다. 아마도 나는 천생 해외동포문학을 연구하도록 마련된 자인지도 모르겠다.

　지금 내가 회장을 맡고 있는 한국문학평론가협회에서는 모두 스물네 권의 해외동포문학 전집을 편찬했다. 내 이름으로도 각기 6백 면이 넘는 《한민족 문화권의 문학》 1·2권을 엮었다. 그리고 경희대학교에 국제한인문학연구센터가 만들어졌다. 경희학원이 한국문학평론가협회와 함께하는 해외동포문학상이 올해로 3회를 맞았다. 또한 나는 국제한인문학회를 통해, 내년부터 4년간에 걸쳐 해외 네 개 지역의 동포문학을 체계적으로 연구하는 프로젝트를 시작할 예정이다.

　그런데 이런 책이나 행사의 이름과 같이 외양이 그럴듯해 보이는 일이란, 대체로 그 내면의 순수성과 열정, 이를 구체화할 방법론을 획득하지 못한다면 아무 쓸모 없는 것일 따름이다. 일이 넘쳐서 힘들어지거나 그 일이 본래의 목표를 희석시킬 때, 나는 자주 스스로에게 이 명제를 제기한다. 올해로부터 꼭 20년 전 백두산으로 가는 비포장도로의 길 위에서, 길 양편으로 백양나무 숲이 울울하던 그 시골 마을에서, 내가 만난 촌부들의 주름진 얼굴에 담겼던 해맑은 미소와 수줍음과 고마움의 표정을 떠올려 본다. 아직까지는 때가 덜 타서인지, 이 처방은 문득 나를 고요히 침잠케 하는 효력을 불러오곤 한다.

　이제 며칠 후면 해외동포문학상의 시상을 위해 다시 태평양을 건너간다. 여기 모두 기록하지 못하지만, 가슴 설레는 기다림이 있다. '참 괜찮은 사람'이라 생각하던 분이 수상자가 되었는가 하면, 그와 같이 생각하던 분의 어린 딸이 수상자가 되기도 했다. 단순히 상패와 상금을 건네는 의례적 행사가 아니다. 진실한 마음과 따뜻한 격려가 함께 있어야 한다. 저 시퍼런 바닷물 넘어 팔만 리 먼 곳에, 내 민족의 얼과 말과 글을 잊지 않고 그로써 좋은 작품을 쓰는 사람들이 있는데, 어느 누가 작은 선물을 들고 목이 곧을 수 있겠는가 말이다.

　미국 청교도문학의 대표적 걸작 《주홍글씨》를 쓴 너대니얼 호손은 일찍이 아버지를 여의고 편모슬하에서 고독하게 자랐다. 지극히 주변머리가 없던 호손은 생활이 궁핍했고 성격이 침울했다. 나중에 그가 미국의 당대 최고의 소설가로서 명성을 떨칠 수 있었던 것은 전적으로 그의 친구들 덕분이었다.

　호손이 보든 대학을 다닐 때 절친한 세 친구가 있었다. 첫 번째 친구는 허레이쇼 브리지라는 이름으로 상당한 부호의 아들이었는데, 신출내기 호손을 위해 조건 없이 출판비를 부담해 주고 그가 문단에 데뷔하는 데 결정적인 역할을 했다.

　두 번째 친구는 장편의 서사시 〈에반젤린〉으로 유명한 시인 헨리 롱펠로였다. 호손보다 먼저 문단에 자리 잡은 그는 친구를 위하여 적극적으로 책의 서문을 써 주고 친구가 이름을 얻는 데 헌신적인 노력을 아끼지 않았다.

세 번째 친구는 후에 미국의 제14대 대통령이 된 피어스였다. 대학 시절부터 사교적이고 수완이 좋았던 피어스는 여러 가지로 호손을 도왔으며, 대통령이 되어서는 친구가 만년을 아늑하게 보낼 수 있도록 배려해 주었다. 말년의 호손은 피어스의 호의로 영국 리버풀의 영사로 가서 평화로운 집필 생활을 하였다. 호손은 피어스의 전기를 써 줌으로써 그 신세를 갚았다.

호손이 죽자 형제나 다름없던 친구들이 그의 마지막 길을 전송해 주었다. 훌륭하고 좋은 친구들을 만남으로 인하여 호손의 생애가 복된 것일 수 있었고, 세 친구는 그들의 아름다운 우정의 결실로서 미국이 자랑하는 아메리카 르네상스 시대의 대표적 문필을 추수할 수 있었던 것이다.

물론 이들 모두는 인류 역사의 한 페이지를 호화롭게 장식한 거인이요 거장들이다. 비록 우리가 그들처럼 시대를 넘어서 인구에 회자될 만한 중량을 갖지 못한 갑남을녀들이라 할지라도, 그들이 온 생애를 통해 모범을 보인 우정의 결실을 본받지 못할 까닭은 없다. 베푼 자가 그것을 되돌려 받게 되고 받은 자가 베풀 수 있게 된다는 소중한 깨우침이 거기에 있다.

이달 초 한 주간 미국 샌프란시스코를 방문하여, 한국문학평론가협회와 경희사이버대학교가 공동으로 주최한 제2회 미주동포문학상 시상식 및 문학 강연회 행사를 치렀다. 미국 각지에서 수상자인 문인들이 그곳으로 모였다. 현지 거주 원로 작가인 신예선 선생을 비롯한 미주 한인 문인들이 얼마나 성의 있게 안내하고 규모 있게 행사를 준비하는지 감탄할 수밖에 없었다.

거기는 한국의 평론가들과 미주의 문인들 사이에 쌓인 오랜 교분과 우정이 작용하고 있었다. 사람을 아끼고 소중히 하는 일이야말로 눈에 보이는 축복임을 실감한 나들이였다. 팔만 리 태평양의 시퍼런 바다 물길을 건너서도, 선한 인연에 선한 열매라는 이치는 어김이 없었다.

맨 처음 필자가 로스앤젤레스, 뉴욕, 샌프란시스코, 시카고 등 미주 문단에 발걸음을 하기 시작한 것은 지금으로부터 꼭 10년 전이었다. 아직 40대 중반의 들뜬 혈기와 문학에 대한 열정만으로 다가간 필자를 이들은 여러 모양의 시각으로, 그러나 따뜻하게 맞아 주었다. 기실 그 나이는 미주 문단에 나타난 한국 문인으로서는 가장 젊은 편이었다.

필자로서도 최선을 다하여, 이들의 문학 현장을 들여다보았다. 그리고 이를 한국문학에 잇대어 발표와 출판의 길을 찾고 또 함께 나누었다. 그중 여러 분이 매년 4월 경남 하동에서 열리는 이병주국제문학제에 다녀가기도 했다. 저 먼 곳 이방에 삶의 뿌리를 내리고 살면서 모국어를 잊지 않고 문학이라는 마음의 텃밭을 가꾸어 나간다는 사실만으로도, 한국 문단은 이들에게 빚진 자의 심정이어야 옳다.

한국문학평론가협회가 해외동포문학 전집 스물네 권을 발간하고 문학상을 제정하여 현지를 찾아가 시상하곤 하는 것은, 이를테면 그 빚을 갚는 일이며 동시에 양자 간 교류의 통로를 넓혀 가는 일이다. 지난해 로스앤젤레스의 시상식에 이어 이번에도 그러했거니와, 우리는 작은 씨앗을 심고 오히려 풍성한 실과를 수확하는 기쁨을 누렸다.

사람은 무엇으로 사는가

지난 8월 필자는 국제한인문학회 회장의 자격으로 중앙아시아 카자흐스탄에서 열린 국제 학술 대회를 다녀왔다. 동행한 아홉 분의 교수와 함께 두 번째로 방문하는 그 나라의 입국 수속을 마치고 수하물을 찾아 세관을 통과할 때였다. 한국에서 준비해 간 간단한 기념품들과 이튿날 학회에서 쓸 인쇄물 책자에 '스톱'이 걸렸다. 영어로 대화가 잘 되지 않았다. 겨우 문밖에 내일 공동으로 행사를 개최할 학회의 회장이 기다리고 있을 테니 불러 달라고 하는 말이 통했다.

세관원은 정 그렇다면 나가서 데리고 오라는 것이었다. 그 말을 믿고 나가 그분을 만났으나 또 이번에는 함께 안으로 들어가는 것이 어려웠다. 천신만고 끝에 온갖 영어와 러시아어가 동원된 설명이 있고서 짐이 있는 자리로 돌아왔다. 그 이름 있는 철학 교수가 그토록 열심히 설명하는데도 두세 명의 젊은 관리들은 아랑곳하지 않았고, 금성철벽 같은 태도는 변함이 없었다. 마침 지나가는 한국 항공사 직원에게 내가 '다이아몬드 클래스' 회원임을 밝히고 도와 달라고 해 보았으나 역시 속수무책이었다.

그때였다. 우리를 마중 나온 예약된 호텔의 풋사과처럼 젊은 직원이 자기가 해결하겠다고 했다. 그는 담당자 중 한 명을 따라가더니 짧은 시간 안에 웃음을 머금은 얼굴로 돌아왔다. 그리고 나가자고 했다. 아무도 제지하지 않았고 우리는 모두 무사히 입국 절차를 마쳤다. 문제는 돈이었다. 그것도 미화로 50달러가 조금 넘는 정도였는데, 한 나라의 정신적 수준을 말하는 철학자의 호소로도 해결되지 않는 문제를 호텔 종업원이 신속하게 마무리했으니, 미상불 어이가 없는 사례였다.

호텔에 짐을 풀고 평온을 되찾은 다음 곰곰 생각해 보니, 참으로 기가 막혔다. 거기가 이 나라의 관문인데, 나라의 위신을 생각하는 관리가 한 명도 없단 말인가. 아니면 그 가운데 국가 의식까지 찾지 않더라도 인간으로서의 기본적인 위신을 지키려 하는 관리가 한 명도 없단 말인가. 이를 한국의 사정과 인천공항의 경우에 비견해 보니 새삼 내 나라가 자랑스러웠다. 지금은 중앙아시아의 여러 나라가 구소련이 해체되면서 독립국이 되었으나, 한때 세계의 힘을 양분하던 국가에 소속되어 있었고 한때 선진 사상과 철학의 영향권에 있던 지역이었다.

이 대목에서 필자는 톨스토이를, 그리고 도스토옙스키를 떠올렸다. 그동안 백 년간의 정치적 실험을 거쳐 마르크스·레닌주의는 폐절 선언에 이르렀으나 그 이전 세계문학의 중심부를 이루었던 슬라브 민족주의, 기독교 박애주의, 휴머니즘의 인본주의는 모두 어디로 갔단 말인가. 문학 기법이 후진한 채로 사상이 범람하던 그 가열한 정신주의의 물결은 아무런 흔적도 남기지 않고 사라졌는가.

톨스토이가 쓴 〈사람은 무엇으로 사는가〉라는 짧은 단편은, 과거 이 대륙의 정신적 고도가 어떻게 동시대의 천장을 치고 있었는가를 웅변으로 증언한다. 사람은 외형의 물질이 아니라 사랑하는 마음으로 사는 것이며, 그것이 인간을 창조한 신의 뜻에 부합하는 것이라는 데 톨스토이의 심원한 생각이 있었다. 어쩌면 다른 나라 관리들의 행태를 두고 이 글을 쓰고 있는 필자 스스로가 그로부터 먼 길에 서 있는 것 같아, 불현듯 얼굴이 뜨거워진다.

문학의 길 따라 대륙, 호수, 초원으로

중국조선족문학 현지 학술회의

'해외동포문학편찬사업추진위원회'라는 좀 길고 거창해 보이는 연구자 조직과 사단법인 시사랑문화인협의회 그리고 고려대학교 BK21 한국학교육연구단의 혼합 문예기행 팀 스물다섯 명이 인천공항을 떠난 것은 2006년 7월 3일 아침 이른 시간이었다. 일행은 먼저 중국 길림성 장춘에 있는 길림대학으로 향했고, 이날 이 대학에서 한중 합작으로 '중국조선족문학의 현황과 작품 세계'란 주제의 현지 학술회의를 개최했다. 길림대학은 중국 내에서 7~8위권에 랭크되어 있는 유수의 교육기관이다.

한국 측에서는 김윤식 서울대 명예교수와 필자가, 그리고 중국 측에서는 윤윤진 길림대 외국어대학 부학장과 권혁률 길림대 교수가 주제 발표를 했다. 일행의 단장 김인환 고려대 교수, 사회를 맡은 최동호 고려대 교수를 비롯, 토론에 참가한 송하춘 고려대 교수, 최유찬 연세대 교수, 박주택·고인환 경희대 교수, 홍용희 경희사이버대 교수, 홍기돈·김학균 문학평론가, 그리고 남영전 장백산 길림신문사 사장, 강효근 조선족 소설가 등 현지 인사들이 이 학술회의에 참석했다.

뒤이어 열린 '장춘 현지 문학 교류—시 낭송회'에는 한국 측에서 유안진, 신달자, 차한수, 박명옥, 김윤, 전길자, 장석원 등 시인들과 중국 측에서 박봉규·오야적 길림대 한국어과 교수, 장백산 길림신문사 기자 등 다수가 출연했다. 시 낭송회는 학술회의의 학구적이고 무거운 분위기를 희석시키며, 계속해서 이어진 길림대학 주최의 '호화로운' 만찬에까지 밝고 즐거운 분위기를 운송했다.

기실 '조선족문학'이란 중국 내 조선족이 중앙정부의 소수민족 정책과 관련하여 쟁취한 민족어 유지의 권리와 긴밀하게 연계되어 있다. 중국 국적이면서 동시에 중국 인민의 본류와는 다른 혈통적 유대를 가진 민족성, 곧 그 디아스포라의 양가적 성향이 조선족문학의 바탕이 되는 것이지만 한국문학의 시각으로 바라볼 때는 거기에 민족적 원형의 또 다른 텃밭이 건재한 터이어서 이를 소중히 여기고 그 생장 발육에 대해 할 수 있는 후원을 다하는 것이 마땅하다 하겠다.

장춘은 일제강점기에 일본이 세운 허수아비 만주국의 '마지막 황제 부의' 황궁이 있는 곳이고 일제 때는 그 이름을 신경新京이라 했던 것은 익히 알려진 바와 같다. 일제가 철수한 후 중국은, 봉천奉天을 심양瀋陽으로, 안동安東을 단동丹東으로, 그리고 이곳은 장춘長春으로 그 지명부터 바꿨다.

두 번째 가 본 황궁은 말할 수 없이 협소하고 초라했으며 멸망한 왕조의 비애를 느낄 만한 공간조차 수반되어 있지 않았다. 장춘은 일제의 대규모 인민 학살이 자행된 곳인데, 그 기록들의 전시는 처음 방문했던 1988년에 비해 현저히 축소되어 있었다. 이것이 대일 관계를 유의한 중국의 실용주의 노선 때문인지는 잘 알 수 없으되, 흐르는 역사의 물결이 무상無常한 것은 분명해 보였다.

7월 4일 오후 일행은 북경으로 이동했고 그날 늦은 밤 항공기로 러시아의 이르쿠츠크로 향했다. 오후 시간을 북경에서 보내면서, 일부는 천안문 광장과 자금성을 보고 일부는 해묵은 옛날 거리들을 돌아보았다. 그동안 여러 차례 중국 전역을 다녔지만, 개방 초기 외화 획득에 명운을 걸던, 자본주의적 생활 방식을 목표로 늦게 출발한 몸 무거운 거인의 모습은 이제 찾아볼 수 없었다.

어느덧 중국은 세계 유일의 초강대국인 미국의 맞수로 떠오른 새로운 강자가 되었으며, 그 내부에 펼쳐진 인민들의 궁벽한 삶의 모습에도 불구하고 변화의 기류는 역력했다. 이 '만리

장성'의 정치와 경제적 위력을 넘어서는 것이 우리의 과제라면, 그에 대한 고민과 실행은 누가 어떻게 맡아야 할지 일순 우울한 심경이었다.

바이칼의 맑은 호심湖心과 시베리아의 여름

바이칼 호수는 러시아 영토 내 시베리아 남부에 위치해 있는, 길이 636킬로미터, 최대 폭 79.4킬로미터에 달하는 세계 최대의 담수호이다. 그 이름 자체가 타타르어로 '풍부한 호수'라는 의미를 가진 이 호수는 크기와 수심에 있어서 지구상 제일이거니와 역사도 약 3천만 년에 이르는 것으로 추정된다. 수량은 바이칼 해와 미국 오대호에 필적하고 지구 담수의 20퍼센트를 차지하는 장대한 스케일을 자랑한다. 이곳에 살고 있는 생물의 약 70퍼센트 정도가 고유종으로 '진화의 살아 있는 박물관'으로 일컬어신다. 1996년 이 호수와 그 주변이 유네스코에 의해 '세계문화유산'으로 지정되었다.

우리 일행이 이 바이칼 호수를 보기 위하여 이르쿠츠크 국제공항에 내린 시간은 새벽 무렵이었으나, 이 공항을 입국 심사와 세관을 거쳐 통과하는 데 무려 세 시간이 걸렸다. 전혀 문제 될 것도 없는 서류 절차와 수화물 검사로 지칠 대로 지친 끝에, 이 나라에 남아 있는 이 사회주의의 잔재가 그저 스쳐 지

나갈 뿐인 나그네들로 하여금 그 앞날을 걱정하게 했다. 그런 출입국 시스템을 가진 공항이 항공기의 이착륙을 온전히 유도하기가 어렵지 않을까 싶었는데, 미상불 우리가 지나간 며칠 후 그 공항에서 우리가 탔던 시베리아 항공의 항공기가 떨어져서 140여 명이 사상死傷했다는 보도를 보고 아연실색 가슴을 쓸어내릴 수밖에 없었다.

지역 환경의 객관적 상황이야 그렇다 할지라도 바이칼 호수는 그 명성에 값하는 데 전혀 손색이 없었다. 시설은 한참 떨어지지만 호변의 호젓한 호텔도 좋았고, 무엇보다 맑고 상쾌한 공기와 짙푸른 산언덕의 녹음이 서울의 탁하고 매운 스모그에 시달린 두뇌 노동자들에게 더없는 청량제였다. 이튿날 어선을 타고 바이칼 호수 위를 주유할 때는, 가슴속에 품고 다니던 온갖 시름을 다 내던져 버릴 수 있었다. 그 선상에서 양고기구이 안주를 축내며 잔 기울이던 러시아산 보드카의 독한 맛이 수면을 스치는 찬 바람을 밀어내던 기억은 지금도 생생하게 남아 있다.

바이칼 호변에 있는 '바이칼 박물관'은 호수의 여러 면모를 끌어안고 있으나 그 장대한 외양과 내면을 효율적으로 설명하고 있다는 느낌은 들지 않았다. 인근의 마을이나 마을의 성당들도, 러시아 오지 전원 마을의 풍광을 보여 준다는 의미 이외에 특별한 감동은 있기 어려웠다. 다만 이르쿠츠크 시내 한편에 있는 데카브리스트 박물관은 톨스토이의 《전쟁과 평화》와 관련하여 강력한 악센트를 남기는 대목이 있었다.

《전쟁과 평화》에 등장하는 실존 인물 발렌스키와 그 아내 마리야의 눈물겨운 사랑 이야기는 시대를 뛰어넘어 오늘날 낯선 여행자의 심금을 울렸다. 모스크바의 풍족한 지위와 영화를 다 버리고 젊은 나이에 시베리아 유배지로 떠난 남편을 찾아와 허드렛일을 하며 옥바라지를 한 아내, 차디찬 감옥 바닥에 꿇어앉아 쇠사슬에 묶인 남편의 발등에 입 맞추며 뜨거운 눈물을 흘린 아내는, 나중에 복권된 그 남편이 인간에 대한 신뢰를 견지하도록 한 소중한 사랑의 표본이었다. 슬라브 민족주의와 인간 중심주의, 그리고 기독교 박애주의를 자기 소설의 바닥에 깔았던 톨스토이가 이 전대미문의 체험적 사실을 간과할 리 없었을 것이다.

이르쿠츠크 시내에서 한 시간 30분을 달려 우스티오르딘스키 지역으로 이동하는 동안, 일행은 길가의 긴이 휴게소, 인근 부랴트 마을의 샤먼 상징물이 있는 작은 쉼터에 모여 앉아 풀모기의 공격을 받아 가며 50분에 걸친 김윤식 교수의 강연을 들었다. 이광수 《유정》의 무대인 바이칼 및 시베리아 남부 지역과 관련하여, 어떻게 이광수의 발길이 여기에 이르고 또다시 거두어졌는가를, 그러한 행적이 복잡하면서도 광대한 우주론적 세계관을 가졌던 이 개화 세대 중심인물의 생애에 있어 무엇을 의미하는가를 명론탁설名論卓說로 들었다.

그런데 그다음 길목에 또 다른 감동이 우리를 기다리고 있었다. 시베리아 샤머니즘의 원산지이며 동아시아 일대에 강력한 전파력을 보인 부랴트족族의 민속 마을에서, 우리는 그 일족의 따뜻한 환대와 어설프긴 해도 정성을 다한 공연, 민속과 무속이 혼합된 공연을 볼 수 있었다. 관람자를 연희 속으로 끌어들이고 함께 그 흐름을 호흡하게 하는 '족장'의 능숙한 인도는, 관광 개념으로 닳고 닳았다는 후감을 거의 남기지 않았다.

저녁에 시내로 돌아와, 바이칼에서 흘러나오는 유일한 물줄기인 앙가라 강이 돌아 흐르는 바지선 선상에 앉아, 일행과 함께 나눈 찬 맥주 거품은 참 시원했다. 그 취중에 김인환 교수는 선뜻 칠언절구 한시 한 편을 엮어 내놓았다. 그 솜씨의 탁월함과 그렇지 않음에 대해서는 무식자로서 잘 모를 형편이나, 한국 현대문학 전공자로서 그와 같은 형용 자체가 이미 쉽지 않은 것이다 싶어 그를 괄목상대刮目相對하며 건너다보았다.

칭기즈 칸의 나라, 광활한 초원의 땅 몽골

시베리아는 타타르어로 '잠들어 있는 땅'이란 뜻인데, 그 남단 이르쿠츠크에는 역사적인 기념물과 문학작품 관련 유적이 7백여 개나 된다고 한다. 동아시아에서 최초로 창립된 이르쿠츠크 대학과 과학아카데미를 비롯한 명성 있는 연구소들이 터를 잡고 있는 곳이기도 하다. 우리는 그 가운데 몇 곳을 주마간산으로 훑어보고 늦은 밤 항공기로 몽골의 울란바토르를 향해 떠났다. 그날이 7월 7일이었다.

마침 몽골은 칭기즈 칸이 '칸'의 왕위에 오른 지 8백 주년을 맞아, 정부 주도로 동상 건립과 축제 재현 등 여러 행사가 진행되고 있었다. 우리가 몽골을 떠나오던 7월 10일이 '나담' 축제 전야였으니, 그다음 날부터 씨름·경마·궁술 등의 대회가 시작되고 호텔 방 구하기가 하늘의 별따기인 시기였다. 우리는 그 전통적인 경기들을 볼 수 없었지만 그런대로 '소낙비'를 피해 간 형국이었다.

칭기즈 칸은 중국의 중원을 평정하여 원나라를 세우고 인접 유럽 지역에 위세를 떨친, 이 민족으로서는 그 최상의 자존심에 해당하는 인물이다. 두 대륙의 지배자였던 그를 기념하고 민족적 자긍심을 되살리기 위하여 근자에 새로 태어나는 아이·거리·학교·보드카·호텔 등에 칭기즈 칸이란 이름이 붙여지고 있었다. 정부가 울란바토르 시내 중심 광장에 세우는 칭기즈 칸과 그 아들들의 동상은 그 예산이 무려 천6백만 달러에 달했다.

몽골에서 칭기즈 칸이 부활하는 것은 1990년 70년간의 공산 통치 종료 이래 국가적 변화를 보여 주는 하나의 상징인 셈이다. 1924년 소련에 이어 세계에서 두 번째로 공산화된 이래, 칭기즈 칸은 봉건 압제자로 규정돼 그의 이름과 유산, 심지어 그의 후손이라고 주장하는 귀족까지 모두 참살됐었다. 현재의 몽골 정부는 국가 관광사업의 중심에 칭기즈 칸을 두고, 올해 50만 명의 관광객을 유치하는 것을 목표로 대통령까지 나서서 국가 이미지 개선에 주력하고 있었다.

그러나 정작 몽골의 본령이요 방문자들이 오래 기억하는 것은 이러한 수도 울란바토르 중심의 몽골이 가진 역사적 사회적 실상이 아니었다. 이는 수백만 마디의 말로 설명을 시도하는 것이 전혀 부질없는 짓임이 금방 명료해진다. 시내에서 국도를 따라 테렐지 국립공원을 바라고 길을 나서면 수십 분이 지나지 않아 초록색의 광활한 초원이 눈앞에 전개되기 시작한다. 그렇다. 이는 필설로 설명할 수 있는 것이 아니다. 시가지에서 멀어질수록 답답한 가슴 문을 활짝 열어젖히게 하는 광대무변한 초원과 얕은 초록 산들의 형상이 어느 결에 일행의 말문을 막고 있다.

유럽의 풀밭은 조작된 느낌이 짙고 아프리카의 사바나도 건기에는 황폐하다. 그러나 이 연초록의 끝없는 펼쳐짐, '뭉근머리트' 캠프를 향해 초원 한가운데를 가르며 자동차로 달려가는 승차, 그리고 캠프에서 한 시간이 넘도록 말을 타고 그 위를 떠도는 승마의 경험은 다른 곳에서는 마주치기 어려운 감흥을 몰아왔다. 테렐지 국립공원도 유네스코가 지정한 '세계문화유산'이지만, 그러한 공인된 지식이나 그 안에 있는 거북바위를 비롯한 관광지 따위는 이 가슴 열리는 초원의 감동에 비해 하잘것없었다.

그 밤을 몽골의 전통적 야외 숙소인 '게르'에서 잤다. 그런데 연간 강우량이 250밀리미터밖에 안되는 이 나라에서, 어쩌자고 그날따라 소나기가 퍼붓고 밤새 빗줄기가 그치지 않았다. 준비된 캠프파이어도 취소되고 세계 3대 별 관측지인 그곳에서 밤하늘의 별을 올려다보지도 못했다. 보이지 않는다고 별이 없는 것이 아니듯이, 잘 드러나지 않는다고 몽골의 오랜 역사적 자존심이 패퇴한 것도 아니었다. 한국에 대한 경제 의존도가 높은 만큼 적개심 또한 만만치 않은 이들 국민들의 눈동자는 결코 유순한 유목민의 그것만이 아닌 것으로 보였다.

다음 날 몽골의 제2차세계대전참전기념비를 지나면서 우리 의학도였던 '이태준열사공원'에서 짧은 참배를 드리고 우리는 몽골 기행을 마쳤다. 울란바토르 시가에서 누구나 볼 수 있도록 칭기즈 칸의 초상을 산의 전면에 새겨 둔 나라, 이스라엘이 다윗 왕국을 그리워하듯이 칭기즈 칸 시대의 영광을 되새기고 있는 나라, 고산지대의 열악한 자연환경과 싸우면서도 광활한 초원을 바탕으로 그 자존심을 버리지 않은 나라가 몽골이었다. 우리는 그곳에서 특별한 문인이나 문학작품을 만나지

는 않았지만, 유다른 자연과 함께 살아가는 인간의 올곧은 정
신이 무엇인가를 손끝을 바늘에 찔리듯 선명하게 알아차릴 수
있었다.

이성과 감성의 조화, 또는 전인全人 지향성

−헤르만 헤세의 《지성과 사랑》

《지성과 사랑》을 쓴 헤르만 헤세는 1877년에 독일에서 태어나 1962년까지 80여 년을 살았다. 전쟁의 참화 속에서 조국이 몰락해 가는 가장 어려운 시기에 등장해, 특유의 서정적인 필치와 사상으로 독일과 유럽의 문화에 생명의 꽃을 피우고자 노력했다. 20세기 전반에 걸쳐 간과할 수 없는 문학자요 사상가의 한 사람이다.

그의 《지성과 사랑》은 유럽식 전인교육의 교과서이다. 사람을 키우는 일, 또 사람을 골라 쓰는 일에, 그 사람이 가진 전인성全人性을 중시하는 것은 참으로 소중한 덕목이다. 이성과 감성이 조화된 인물, 균형 잡힌 인격과 건전한 상식, 그리고 의로운 기개와 따뜻한 마음을 가진 이를 선택해서 쓴다면, 그 공동체는 제대로 올곧은 길을 갈 것이다.

그런 의미에서 《지성과 사랑》을 이 '인사행정'이란 제호를 단 책의 서평 자리에 불러온 터이다. 이제 그의 작품 세계 속으로 들어가 보기로 하자.

'잃어버린 고운 노래의 고요한 멜로디'와도 같이 '저 하늘을 가는 흰 구름'을 '고향 잃은 나그네의 누이이며 천사'라고 노래한 헤르만 헤세의 시적 감수성은, 참으로 여리고 섬세하다. 그러나 이 감성적 반응이 즉흥적이고 밑동이 약한 심정적 차원에 머물렀다면, 동북아의 작은 나라 대한민국에서 새로운 세기의 초반을 보내고 있는 우리는 그의 이름을 몰랐을지도 모른다.

사람은 누구나 논리적인 사고 형태인 '이성'과 자유로운 정신의 흐름인 '감성'을 함께 붙들고 살아간다. 그래서 그리스 신화에서는 태양의 신 아폴론과 술과 도취의 신 디오니소스를 병치시키고 있고, 《채근담》의 한 구절에서는 이성과 감성의 조화를 통해 삶의 완급을 조절하는 지혜를 가르친다.

헤세가 쓴 장편소설 《지성과 사랑》은 바로 이 두 가지 품성이 어떠한 상호 관련성과 보완성을 가지고 있으며 우리가 이를 어떻게 받아들여야 할 것인가를 말하고 있다. 이 소설은 어린 시절 운명적 만남을 가진 골드문트와 나르치스가, 한 사람은 방랑자로 또 한 사람은 사제司祭로 주어진 행로를 걸어가면서 마지막 대목에서 다시금 운명적 만남을 이루기까지, 그들의 이름으로 준비된 백지 위에 어떤 채색을 남겨 놓았는가를 추적

한다.

　나르치스의 삶은 신념과 확신에 찬, 그리고 절대자를 향한 동력선을 일그러뜨리는 법이 없는 교과서적인 것이다. 반면에 골드문트는 정해진 격식과 경로의 온당함 및 안일함을 거부하고 분방한 상상력과 본연의 욕구에 따라 자의적인 삶을 꾸려 간다.

　이때 중요한 사실은 이 두 삶의 방식 가운데 어느 한쪽이 무리하게 일축될 수 없다는 점이다. 두 가지의 캐릭터가 인간이 가진 내면적인 모습의 분화된 형상이라고 한다면, 나르치스가 없는 골드문트나 반대로 골드문트가 없는 나르치스는 한 인격의 완성된 개체라는 형태로 표현되기 어렵다. 말하자면 이들은 한 인격 내면의 변별적인 두 성향이지, 서로 다른 두 사람의 대립적인 성격이 부딪치는 방식의 표본이 아니라고 할 수 있다.

　기실 필자를 《지성과 사랑》에로 인도해 준 향도嚮導는 헤세의 《데미안》이라는 소설이었다. 헤세의 당대에 새롭게 확립된 독일 시민사회 주축의 문화 전통이, 교양소설 또는 성장소설이라는 장르를 확립하였을 때, 그의 작품들은 여기에 선도적 수준을 형성하였다.

　이 시기의 독일의 문화에 대해, 저 유명한 헝가리 태생의 문예이론가 죄르지 루카치가 《소설의 이론》에서 서사 형식의 진보에 있어 대단히 유의미한 단계를 형성했다고 평가한 것은 결코 우연한 일이 아니었다. 전쟁의 포화 속에서 스러져 간 독일 병사들의 배낭 속에서 매우 흔하게 발견되었다는 《데미안》의 강력한 흡인력은, 그것이 소설로 쓰인 비길 데 없이 우수한 전인교육의 텍스트라는 평가로써 설명될 수 있다.

《데미안》이 치기 어린 문학청년 시절의 필자에게 던져 준 충격은 헤세의 다른 작품들을 탐독하게 하고 그의 시를 암송하게 하고 종내에는 문학과 더불어 일생을 살도록 필자를 인도하였다.

돌이켜 생각해 보면, 그 허황할 만큼 꿈 많던 젊은 날에 무어 그렇게 깊이 있게 문학과 인생의 의미를 성찰할 수 있었으리오마는, 참된 삶의 숨겨진 진실이 무엇이며 어떻게 그 깊은 바닥을 두드려 볼 수 있을 것인가를 고민하던 필자의 심상에 《데미안》이, 그리고 《지성과 사랑》이 새겨 놓은 각인은 지금도 가슴이 시리도록 생생하다.

스스로의 삶을 온전하고 품위 있는 것으로 꾸려 나가기를 원하는 사람들, 애잔한 서정과 굳센 의지를 함께 지니며 살기를 원하는 사람들에게 있어서 《지성과 사랑》은 예인 등대의 불빛과도 같은 하나의 길잡이이다. 감성과 이성의 혼재를 직시하면서 그 가닥을 슬기롭게 간수할 수 있을 때, 우리의 내부에 있는 불같이 뜨거운 격정이나 칼날같이 날카로운 냉담이 우리로 하여금 그 부정적인 측면의 굴레를 둘러쓰는 일로 침몰하지 않게 할 것이다. 수용자에 따라서 《지성과 사랑》은 충분히 그러한 기능을 발휘할 수 있을 것으로 믿는다.

회색빛 도시 문화의 와중에서, 사각형으로 구획 지어진 우울한 삶의 공간을 벗어나기 어려운 우리에게, 오염되지 않은 감성을 회복하도록 해 주는 계기는 흔하지 않다. 어느 사이에 우리는 석양에 물든 저녁놀을 바라보며 옛 꿈을 생각하거나 이름 모를 풀꽃에서 우주를 보는 심성의 풍요로움, 자유로움을 잃어버렸다.

골드문트가 소설의 결미에서 "어머니가 없이는 사랑할 수도 죽을 수도 없다."고 일러 주는 레토릭은, 거칠고 날카로워진 우리의 이성에 부드러운 감성의 유약을 덧입히도록 촉구하는 충고로 받아들여도 무방하리라.

이 책의 원래 제목은 '나르치스와 골드문트Narziss und Goldmund'였다. 나르치스가 냉철한 철학자이며 골드문트가 애정 편력을 일삼는 예술가인 까닭으로, 곧 두 인물이 지성과 사랑의 대명사처럼 인식되고 있기에, 국내에서는 대개 '지성과 사랑'으로 그 제목을 번역한다.

서구 문화의 변별적인 두 중심축, 곧 로고스와 에로스, 또는 헤브라이즘과 헬레니즘은 장구한 역사 과정을 통해 상호 대립적인 영역을 구축해 왔다. 그것은 서구 문학의 영원한 주제이기도 했다. 헤세는 이 양극성, 이원성의 통합이라는 문제에 줄기찬 관심을 가져 왔던 것이고 그 문학적 표현으로 이 소설을 썼다.

작품 속의 두 사람은 서로 헤어져 다른 길을 걷지만, 마음속으로는 언제나 서로를 갈망한다. 그와 같은 작품 내재적 성격을 따라, 헤세가 이 작품을 처음 잡지에 발표했을 때는 '우정의 이야기'란 부제를 붙였었다.

앞서 언급한 바 있으되 전인적 인격의 완성이라는 측면에서 본다면, 나르치스와 골드문트는 각기 대극적 지점에 선 두 사람이 아니라 한 인간의 내부에서 발전적으로 통합되어야 할 두 성격적 특성의 다른 이름이다. 일찍이 우리의 작가 이상이 그의 〈날개〉에서, 한 인물의 내면인 본래적 자아와 일상적 자아를 화자와 그 아내로 분화해 보여 주었듯이.

《지성과 사랑》은 헤세가 《황야의 이리》란 작품에 뒤이어 쓴 것이지만, 세상에 널리 알려진 이 두 작품의 분위기는 서로 사뭇 다르다. 후자는 작품 제목 그대로 인간관계의 소외감과 불협화를 음산한 톤으로 그렸지만, 전자는 수선화 신화의 미소년 나르치스와 황금의 입이라는 의미의 골드문트를 결부시키면서 감미로운 미문美文으로 일관하고 있다.

소설적 구조에 있어서는 방랑자인 골드문트가 주역을, 그 정신적 인도자인 나르치스가 조역을 맡고 있다. 흰 구름과 같이 하늘을 떠도는 자, 번뇌하고 방황하는 자가 문학의 주인공이라는 헤세의 인식이 여기에 선명하게 나타난다. 문학은 그러한 인간의 심성에 하나의 중심 추를 공여하는 것, 그러하기에 루카치는 헤세의 문학을 '교양소설'로 범주화 했던 것이다.

이러한 문학적 인식이 이 세상의 저잣거리에서 어떻게 통용될 수 있을까? 누가 있어 그 가치를 알고, 그 깨우침을 우리 삶의 요소요소에 매설할 수 있다면, 세상은 한결 올곧아질 것이다.

당장 손쉽게 생각해 보자. 지능지수와 감성지수를 함께 계상하여 사람을 판단하는 일이 이미 그 하나의 실천이다. 사람을 분별하는 일에, 이성과 감성의 균형을 판단하는 유익한 잣대로 《지성과 사랑》을 추천하여 권하는 바이다.

초록빛 생명의 길,
'숲'으로 본 인류 역사와 문화사
-존 펄린의 《숲의 서사시》

R. 프로스트가 눈 내리는 저녁 숲가에 서서 바라보는 그 숲
은 아름답고 어둡고 깊다. W. 브라이언트에게 있어 작은 숲은
신의 첫 성당이다. A. 윌슨이 보기에 숲은 세상 모든 것으로 가
득 차 있다. 송욱의 숲은 새색시같이 즐겁고 박두진의 숲은 쓸
쓸하여 한숨지으며 고은의 숲은 하나가 몇만 개로 변화한다.

숲의 구성 분자로서의 나무, 그 나무가 벌이는 언어의 잔치
도 숲의 그것에 뒤지지 않는다. H. 헤세는 나무를 신성하다고
하고 나무는 교의敎義도 처방處方도 듣지 않으며 개개의 일에
집착하지 않고 삶의 근본 법칙을 말해 준다고 상찬했다. M.
키케로는 다른 세대를 위하여 나무를 심으라고, L. 라컴은 나
무를 심는 사람은 희망을 심는 것이라고 했다. 장자와 이색은

쓸모없는 나무(樗)가 천연天然의 수명을 다한다고 교훈했다. 그런가 하면 이양하의 나무는 견인堅忍주의자요, 박목월의 나무는 떼를 지어 삼림을 이루고 평화를 꿈꾼다.

이렇게 보면 숲과 나무는 훌륭한 인생론의 자재이다. 근자에 발간한 평론집에서 필자는 이 숲과 나무를 관찰하는 시각에 스스로의 문학을 견주어 보고, 그 책의 제목에 '문학의 숲과 나무'란 호명을 공여했다.

그런데 이때의 숲이나 나무는 주로 그것이 가진 내재적 의미, 그 외형에 잇대어져 있는 내포적 의미를 탐색한 것이다. 만일 우리가 그 숲 또는 나무를 보는 시각을 역사적이며 통시적인 것으로, 인류 문명의 근원에서부터 동시대의 사회사에 이르기까지 그것의 실체적 역할을 묻는 것으로 확장하면 어떻게 될까? 이 거창한 질문에 적확한 답변이라도 내놓는 듯한, 참으로 시의적절하고 긴요한 책 한 권을 만났다. 존 펄린 지음, 송명규 옮김의 《숲의 서사시》가 바로 그 주인공이다.

오늘날 인류 사회의 공통된 관심을 유발할 수 있는 의제agenda는 꼭 두 가지라고 말한다. 하나는 인간의 기본권, 인권 문제요, 다른 하나는 생태 환경 문제이다. 누천년에 걸친 노력으로도 부족해서 아직 현저한 사각지대가 많이 남아 있는 것이 인권 문제라면, 누천년에 걸친 훼손과 오염으로 '지구의 허파'마저 병들어 가고 마침내는 전 인류적 재앙을 초래할지도 모르는 위험천만한 길로 치닫고 있는 것이 환경문제이다.

《숲의 서사시》는 이 생태환경의 '새로운 복음'이 절실한 시대에, 동시대의 인류 사회를 향해 초록빛 생명의 길을 지키자는 경고요, 그간 이 길을 돌보지 아니한 성장우선주의자들에게 '회개'를 촉구하는 맑은 종소리이다.

이 책을 쓴 존 펄린은 지금 미국 샌타바버라에 살면서 원생지대 탐험에 나서고 있는 현장성 있는 환경론자이다. 그는 이미 1979년에 켄 부티와 함께 《황금 실A Golden Thread》이라는 책을 펴내 주목을 받았다. 에모리 로빈스는 "내로라하는 태양에너지 전문가들조차 이 책에서 많은 것을 새로 깨닫게 될 것이다."라고 이 책을 높이 평가했다.

환경문제 또는 그 저술에 투신한 존 펄린이 그로부터 10년이 지난 다음 이 책《숲의 서사시A Forest Journey》를 낸 것인데, 이로써 그는 다시 크게 주목받게 되었다. 그가 1999년에 낸 책《우주에서 지구로From Space to Earth》는 그의 지속적인 연구 및 집필 의욕과 지구 환경에 대한 열정적 관심을 보여 주는 것으로, 인류의 태양에너지 이용 역사를 다루고 있다.

그가 《숲의 서사시》의 머리글에서 밝힌 바에 의하면, 일찍이 《황금 실》을 써 나가는 동안에 인류가 난방과 온수를 태양열에 의존하게 된 것이 나무 부족을 겪기 시작하면서부터라는 사실을 알게 되었다는 것이다. 그리고 청동기시대부터 19세기에 이르기까지 거의 모든 사회에서 나무가 일차적인 연료이자 건축자재였다는 것도 발견하게 되었다고 한다.

그는 나무가 풍부한가 혹은 부족한가에 따라 당시 사회들의 문화, 인구학적 특성, 경제, 정치, 외교, 기술이 상당 부분 그 모양과 규모를 형성하게 되어 있었다고 판단했다. 그러한데도 인류 역사에서 나무와 숲이 해 온 역할에 대한 체계적이거나 종합적인 연구가 전혀 없었기 때문에, 존 펄린 자신이 이 저술을 쓰기로 마음먹었다는 것이다.

《숲의 서사시》에서 존 펄린은, 문명이 처음 출현하고 사람들이 숲을 대대적으로 벌채하기 시작한 고대 메소포타미아에서 그 서술을 시작한다. 그리고 서구를 구세계와 신세계로 나누어 각기 그 역사의 진행에 따라 나무와 숲이 어떤 영향을 미치고 있었는가를 통괄하여 서술해 나간다.

구세계에 있어서 그의 시선이 닿은 곳은 청동기시대의 크레타와 크노소스, 그리스 미케네 문명, 키프로스, 그리스, 로마, 이슬람 지배하의 지중해, 베네치아 공화국 그리고 영국이다. 특히 영국의 경우는 튜더 왕조 초기, 엘리자베스 1세 시대, 스튜어트 왕조 초기, 내전에서 스튜어트 왕조 후기까지를 거쳐 나무 시대를 벗어나기까지의 숲의 역사 또는 문화사를 체계적으로 설명해 나간다.

신세계는 마데이라, 서인도제도, 브라질을 거쳐 아메리카에 집중적인 관심을 보인다. 뉴잉글랜드의 개발, 전략적 가치, 그 독립의 시작에 대해 살펴보고 13개의 아메리카 식민지, 독립전쟁 후의 아메리카 등의 항목을 따라 19세기 후반의 미국에 이르고 있다.

이같이 그가 구세계와 신세계로 구분한 양 세계의 탐색, 숲길을 따라 그 역사와 풍속과 문물의 여행을 마친 그가 내놓은 결론은 비교적 간단명료하다. 이제 '나무의 시대'는 끝났다는 것이다. 그것은 나무가 가진 원료와 재료로서의 한정성을 말하는 것이기도 하고, 환경의 파손으로 인해 그 원재료가 무분별하게 훼파되었다는 뜻이기도 하며, 더 나아가서는 오늘날과 같이 눈부신 발전을 보인 인류 사회의 삶을 지탱하기 위해서 나무는 신속한 기동력과 강력한 힘을 가진 다른 대체에너지에 그 영예의 자리를 내어 줄 수밖에 없었다는 사실을 수긍하는 것이기도 하다.

그처럼 나무 시대를 마감한 19세기 후반의 미국을 보면, 지구상에서 가장 광활한 삼림 중의 하나였던 동부 삼림을 대부분 잃고 말았으며 그 결과로 일차적인 건축자재였던 나무는 점차 석탄과 철에게 밀려날 수밖에 없었던 것이다. 문제는 이처럼 범인류적으로 발생한 사실들이 단순히 생활필수품의 교체나 에너지의 대체를 말하는 데 있는 것이 아니라, 그와 같은 교체 및 대체가 의미하는 바 문명에 의한 생태환경의 파괴가 걷잡을 수 없는 속도로 광범위하게 확산되고 있는 사태의 심각성에 있다. 그리고 그것은 시기를 더해 갈수록 개선되거나 호전되기는커녕 더욱 악화일로를 걷고 있는 형편이니, 우리는 이 자원 고갈과 황폐화로 치닫는 '예고된 재앙'의 문제를 결코 강 건너 불처럼 수수방관으로 보고 있을 수 없는 상황에 도달한 것이다.

《숲의 서사시》는 인류의 역사 가운데 가장 원초적 체험이요, 원자재를 이루는 자원으로서의 나무, 그 나무가 감당해 온 중요한 역할을 재미있는 이야기처럼 들려준다. 그중에는 자원의 현명한 이용이나 무분별한 남용이 그 사회의 흥망성쇠에 미친 영향에 관한 소중한 정보들이 잠복해 있다. 이러한 정보들은 오늘날 인류의 삶에 매우 유익한, 퇴색하지 않는 타산지석이 될 만하다.

인류 공동체, 범주를 더 넓혀 지구 공동체가 하나의 작은 마을처럼 소통되는 이 첨난 정보화 시대에, 이 책과 같은 생태 환경 문제에 관한 경보음을 무시하고 그 공동체의 앞날을 먹빛으로 도색할 권한은 어느 누구에게도 없다. 뿐만 아니라 이 《숲의 서사시》란 이름의 괄목할 만한 저술이 전언하는바, 역사 과정에서 자원을 사랑하는 법을 배우고 그것을 실천적으로 현실적 삶에 적용하며, 그리하여 마침내 인류 문명의 새 길을 찾아 이를 후대에 물려주려는 노력은 이 지구상의 어느 민족 누구에게나 하나의 의무이다.

그것은 인류의 초록빛 소망을 찾아가는 새 길이다. 과거의 역사에서 교훈을 얻지 못하는 자들에게 미래는 없다.《숲의 서사시》가 과거를 들추며 적시하는 그 길을 찾지 못한다면, 21세기 인류의 미래에 새 길은 없다. 만약 그러한 불행이 우리의 미래가 된다면, 우리가 이 글의 서두에서 제시한 그 숲과 나무의 노래들도 모두 환경문제의 장막 저편으로 사라질 것이다.

5
시대와 역사의 들창

誤讀

채장보단採長補短의 지도력

출범 초기의 이명박 대통령이 지도력의 위기에 봉착한 것은, 그것이 '초기'이기 때문에 다행이다. 그 쓰라린 경험을 거울삼아 만회할 시간이 있고, 그 첫 단추를 다시 잘 고쳐 채웠을 때 오히려 더 큰 소득을 산출할 수도 있을 터이다. 이 대통령이 당대는 물론이요 역사의 평가에서 '성공한 대통령'이 되어야 하는 것은, 그의 성공 또는 실패가 민족적 명운命運에 직결되어 있기 때문이다.

아직 초기이므로 문제의 근본根本으로 돌아가기가 쉽고 돌이킴의 효력도 클 수밖에 없다. 문제는 5년이라는 길지도 짧지도 않은 통치 기간의 처음을 점유해야 할 '근본'이 무엇인가에 있다. 노무현 정부 5년이 '조중동'과의 싸움이었다면 이명박 정부 5년은 '초중고'와의 싸움일 것이라는 우스갯소리는 가장 악의적이고 치명적인 비난이다. 이런 지적이 부유浮遊할 정도이면 대통령의 권위는 이미 상식적 수준 아래로 곤두박질친 형편이다.

그런데 정말 이 대통령에게 기대할 장점이 없을까를 반문해 볼 필요가 있다. 지난 선거의 압도적 지지는 지도자로서의 경륜이나 도덕률에 바탕을 둔 것이 아니었다. 어렵고 힘든 서민들의 살림살이와 나라의 경제를 잘 살릴 이명박식 실용주의에 건 기대의 표출이었다. 청계천 살리기와 시내버스 운행 개선은 그 가능성을 입증한 사례였다. 다른 여러 조건이 함께 결부되어 있을지라도, 이것이 그의 장점이요 또 국민 앞에 이루어 놓아야 할 사명이다.

국내 경제가 어렵고 국제경제의 흐름도 가장 힘든 시기에 처하자, 미국산 쇠고기 수입이나 인사 난맥상 등의 과오가 타는 불길에 기름이 된 형국이지만, 이 대통령의 근본은 '경제'에 있다. 지난 백 일간의 처절한 경험을 통해 이제 실감하겠지만, 국가의 경제는 기업의 경제와 다르고 그 성취에 따른 가치 기준도 양자가 매우 다르다. 그의 경제는 민심과 함께 가야 하고 그럴 때에만 예기치 않은 난관 앞에서 국민의 이해와 협력을 얻을 동력이 생성된다.

꼭 해야 할 것, 잘할 수 있는 것을 먼저 생각해야 하고 그것이 내일의 희망을 여는 열쇠가 되어야 한다. 하지만 그 내일을 '내다보기'가 끊임없는 자기 성찰의 '돌아보기'와 연계되어 있지 않으면 쉽게 변질되고 부패한다는 사실을 잊지 말아야 한다. 이 대통령은 《신화는 없다》와 같은 자기 인생 역정의 성공을 이끈 초심初心으로, 곧 사회운동 세력에서 말단 샐러리맨으로 출발하던 그때의 겸허하고 풋풋한 초심으로의 돌아보기를 잊지 말아야 한다.

강과 바다가 수백 개 산골 물줄기의 복종服從을 받는 이유는, 그것들이 항상 낮은 곳에 있기 때문이다. 사람들의 뒤에 있을지라도 무게를 느끼지 않게 하며, 그들보다 앞에 있을지라도 그 마음을 상하지 않게 해야 한다. 노자老子의 말이다.

국적 있는 역사교육

　여고 3학년 학생이 6·25 동란을 만나, 동생들을 데리고 피란 생활을 해야 하는 일시적 '소녀 가장'이 되었다. 그 하나하나가 모두 귀한 생명들이 속절없이 죽어 넘어지는 현장에서 '보랏빛 가지'로 연명하며 숨죽이고 숨어 살았다. 수복된 서울로 돌아온 이후, 노년에 이르도록 일생을 두고 그 전란의 기억을 무슨 형벌처럼 안고 살아야 했다. 그는 6·25가 명백한 전면적 남침이었고 도발의 일차적 책임이 북한에 있다는 사실의 생생한 목격자였다.

　지난 6월 25일 자로 발간된 재미 수필가 정옥희 선생의 수필집 《보랏빛 가지에 내 生을 걸고》에 실린 이야기이다. 팔만리 시퍼런 태평양 너머 저쪽, 미국 캘리포니아의 미주한국문인협회 전 이사장으로서 미주 문인들의 글쓰기와 세상살이에 올곧은 사표師表가 되어 온 그의 네 번째 수필집이다. 거기 동족

상잔의 전쟁을 온몸으로 감당한 처절한 체험담과 남북 간 민족사의 공과를 올바르게 평가하고 기록하는 보기 드문 용기가 숨어 있었다.

이 글은, 그렇기에 지나간 과거의 추억담이나 반성적 성찰에 그치지 않고 다음 세대를 향한 경계와 교훈을 담고 있는, 한 원로 문인의 값있는 조국 사랑을 대변한다. 무지개의 마지막 빛깔 보라색은 그 의미가 '사랑'인 점도 눈여겨보아 둘 만하다. 오늘날과 같이 남북 간의 관계가 급전직하로 변화하고 수많은 변수들이 작용하는 시대에 있어서, 북한을 바라보는 시각이 전략적이고 탄력성이 있어야 마땅할 터이나 더 중요한 것은 명료한 역사적 사실을 외면하거나 왜곡해서는 안 된다는 것이다. 그것이 이 절절한 체험기의 저자가 글을 쓴 목적이었다.

과거의 역사에서 교훈을 얻지 못하는 백성에게 미래의 꿈이 있을 리 없다. 근자에 한 여론조사 전문 기관에서 전국 중고교생 천여 명을 대상으로 '안보 안전 의식 실태 조사'를 실시한 적이 있다. 6·25 동란이 언제 일어났는지 물었더니 1950년으로 정확히 알고 있다고 응답한 학생은 43퍼센트, 절반 이상이 언제 일어났는지 알지 못했다. 누가 전쟁을 일으켰느냐는 질문에는 48퍼센트만이 북한이라고 응답했고 일본과 미국 등이 뒤를 이었다고 한다.

자국의 역사를 정확히 알고 미래를 설계하는 것은, 목표 지점을 올바르게 설정하고 달릴 준비를 하는 것과 같다. 국가와 민족의 정체성이야말로 축적된 역사 속에 잠복해 있는 것이기 때문이다. 세계화 시대를 앞세워 국사 가르치기를 소홀히 하는 교육 시스템은 하루속히 바로잡지 않으면 안 된다. 나라를 세운 지 불과 230여 년밖에 안되는 미국이 세계 유일의 초강대국이 된 것은 건국 정신의 근본과 관련이 있고, 지금껏 미국의 학교들은 그 짧은 역사 가르치기에 강력한 중점을 두고 있다.

북한 핵 문제, 중국의 동북공정, 일본의 독도 시비 등이 우리 역사의 실체적 진실 위에서 풀어 나가야 할 문제임은 불을 보듯 밝은 일이다. 이 현실 인식의 올곧은 근본주의를 훼파할 수 있는 자격이나 권한은 어느 누구에게도 주어지지 않는다. 일찍이 도산 안창호 선생이 "그대가 나라를 사랑하는가, 그러면 먼저 그대가 건전한 인격이 되라."고 한 레토릭을 빌려, "그대가 나라를 사랑하는가, 그러면 먼저 그대가 올바른 국가관을 갖고 후세들에게 바른 역사를 가르치라."고 해야 할 판이다.

우리는 일 년을 내다보고 농사를 짓고 십 년을 내다보고 나무를 심으며 백 년을 내다보고 사람을 기른다. 특별한 부존자원도 없이 지정학적으로 세계열강 가운데 놓여 여러모로 불리한 한국이, 세계 10위권의 무역 국가로 두각을 나타낼 수 있었던 것은 '사람'이 가진 무형의 재산과 그 효용성을 극대화한 덕분이었다.

그 '사람'을, '국적 있는 역사교육'을 통해 참으로 민족적 명운을 제대로 감당할 수 있도록 양육하는 책임이 우리 세대에 있다. 온갖 세월의 풍상을 다 견딘 한 원로 문필가가, 전쟁 체험 세대로서 후대에 전하는 의로운 정신과 자기 개시開示의 민족애를 감동적으로 읽은 이유가 바로 거기에 있다.

안중근 유해와 국가 정체성

   지난 24일 일본 도쿄에서 열린 '안중근 의사 순국 100주기 국제 심포지엄'에서, 안 의사의 유해가 영원히 사라진 듯하다는 주장이 나왔다. 중국 뤼순 감옥 부근에 있던 묘지가 아파트 단지 개발로 유실되었다는 것이다. 1970년대부터 중국과 북한에서 수차 유해 발굴을 시도했으나 성과가 없었고 결정적인 단서를 쥔 일본은 자료를 내놓는 것에 매우 부정적이었다. 우리 정부도 2008년에 뒤늦은 발굴 작업을 벌였지만 결과는 매한가지였다.

   안중근 의사가 어떤 분인가. 1905년 을사늑약 이후 중국으로 건너가 여러 유형의 독립운동을 실행했고, 1909년 10월 26일 하얼빈 역에서 침략의 주범 이토 히로부미를 사살했다. 안 의사는 체포되어 조사와 재판을 받는 과정에서 대한의군 참모중장의 자격으로 거사했으므로 만국공법에 따라 전쟁포로로 취급해 줄 것을 요구했으나, 일제는 이를 받아들이지 않았고 무료 자원 변호도 허가하지 않았다. 그의 순국일은 1910년 3월 26일이다.

최후의 유언 가운데 한 구절은 이렇다. "내가 죽은 뒤에 나의 뼈를 하얼빈 공원 곁에 묻어 두었다가 우리 국권이 회복되거든 고국으로 반장해 다오. 나는 천국에 가서도 또한 마땅히 우리나라의 회복을 위해 힘쓸 것이다." 그 '국권'이 회복된 지 65년이 지났건만 우리는 유언을 지키지 못했다. 시대적 비극의 주인공이 된 그 가족들도 돌보지 못했다. 그 형제와 자녀들은 이용당하고 박해받으며 궁핍하게 살았다. 역사를 잃어버린 민족에게는 미래가 없다는 경고가 우리의 눈앞에 있다.

기실 안 의사의 유해를 찾는 일은 단순한 역사의 유물을 발굴하는 일과 그 등급이 다르다. 그것은 외세에 의해 훼손된 민족정신을 복원하고, 그로부터 환기되는 공동체 의식과 국가 정체성을 바로 세우는 과업에 해당한다. 미국이 무명의 미군 유해 한 구를 발굴하고 인양하는 데 어떤 노력을 기울이는가를 목격한 사람이면, 국가에 목숨으로 공헌한 일개 국민을 어떻게 응대해야 할지 교훈을 얻을 것이다. 항차 안중근 의사의 경우에 있어서야 무슨 언사가 더 필요하겠는가.

여기서 중요하게 인식해야 할 것은 안 의사의 유해 문제가 경종을 울리고 있는바 국가 정체성에 대한 우리 사회의 통렬한 반성이다. 독립 유공자를 기리고 유적지를 보존하는 노력이 외형적 전시展示의 방식이 아니라 민족혼의 계승이라는 본질에 닿도록 그 면모를 일신해야 옳다. 국민 다수가 이를 공감하고 동참할 수 있도록 국가적 차원의 프로젝트로 점검했으면 좋겠다. 국가 지도자들에게 이러한 문제의식이 결여되어 있다면, 이는 해상지도를 모르는 선장에게 배를 맡긴 꼴이다.

우리의 다음 세대를 위하여 국사 교육을 새롭게 검토해야 한다. 도대체 어느 나라가 자국의 역사를 학교 수업과 진학 시험에서 선택과목으로 둔단 말이며 이는 도대체 어느 누구의 발상에서 비롯되었는가. 그러니 교육 현장에서 한국사를 추방해 버렸다는 탄식이 일고 있는 터이다. 오늘의 교육 당국은 마땅히 후세의 사필을 두려워해야 한다. 중국의 동북공정이나 일본의 독도 주장을 막는 방법도 결국은 국사 교육에 있다는 사실을 이해하지 못한다면 아무리 설명해도 우이독경이 될 것이 분명하다.

하지만 그렇게 해서 역사의식을 망친 책임은 누가 질 것인가. 내년부터 고등학교에서 국사 수업을 안 듣고도 대학에 진학할 수 있게 되었는데, 그렇게 자란 세대가 안중근을, 윤봉길을, 안창호를, 그 애국정신을 알기나 하겠는가 말이다. 일제와의 타협이 전제된 기미독립선언서는 가르치면서 불의한 지배자와의 전면 투쟁을 내세운 조선독립선언은 교과서에 싣지 못한 것이 우리의 과거사였다. 결국 최남선은 친일의 길을, 신채호는 저항의 길을 걸었지만, 왜 최남선이 아니고 신채호인가를 증명하는 역사적 실체 가운데 하나가 곧 안중근 순국인 것이다.

우리 역사를 바르게 인식하고 이를 실천하며 교육하는 의지는 미래를 준비하는 대한민국의 우선 과제이다. 민족의 자긍을 이끈 역사적 인물들과 함께 호흡하며 그 과거의 교훈을 현실 속에 받아들일 때 비로소 국가는 변화하는 세대를 넘어 올곧은 정체성을 확립할 것이다. 아무리 경제가 발전하고 영향력이 확대되어도, 이 정신적 영역의 자기 확신과 정립이 선행되지 않으면 선진 국가의 꿈은 요원할 수밖에 없다.

행동하지 않으면 매국노

30 초반의 재미 교포 여성 한 분이 한국 정부나 주미 대사도 못하는 나라 사랑의 모범을 보였다. 김하나, 북미 동아시아도서관협의회(CEAL) 한국분과위원회 회장이 그의 이름과 직책이다. 올해 32세. 미국 의회도서관에서 '독도'의 명칭을 '리앙쿠르 암석'으로 바꾸는 회의가 무기한 연기되도록 결정적인 역할을 했다. 시인인 그의 어머니는 "행동하지 않으면 매국노"라는 질책과 독려로 딸을 그 명칭 변경 저지의 일선에 서게 했다. 그 어머니의 이름은 권천학 여사. 올해 62세이다.

김 씨는 캐나다 토론토대 동아시아도서관 한국학 책임자로 있다. 지난 7월 10일 미국 의회도서관 관계자로부터 독도 관련 자료의 분류어를 바꾸는 회의가 16일에 열린다는 말을 듣고, 의회도서관에 공식 항의 문서를 제출하는가 하면 한국 정부와 한인들에게 공동 대응을 촉구, 결국 '회의 무기 연기'를 이끌어

냈다. 김 씨가 그 주말 내내 자료 조사를 한 결과에 의하면, '독도'라는 주제어가 사라지면 상위 분류어인 '한국의 섬들'까지 없어지고 '일본해의 섬들'로 대체되는 것이었다.

김 씨가 이렇게 자신이 가진 모든 힘을 동원하여 애쓰는 동안, 정부와 현지 공관 그리고 우리 국민들은 도대체 무엇을 하고 있었을까. 그 며칠 이후에 미국 국립지리원지명위원회(BGN)가 그동안 '한국령'으로 표기해 오던 '독도—리앙쿠르 암'을 '분쟁 구역'으로 바꾼 사실이 확인됐다. 결국 독도가 특정 국가의 주권이 지정되지 않은 지역이라는 뜻이 된다. 또한 이 위원회는 미국 정부가 독도 대신 리앙쿠르 암이란 명칭을 사용하기 시작한 것은 31년 전인 1977년 7월 14일이었다고 밝혔다.

독도를 영토 분쟁 지역으로 몰아간 것은, 두말할 것도 없이 미국 기관이 일본의 손을 들어 준 것이다. 거기에 미국의 공적 태도가 관련되지 않을 수 없으며 일본의 오래고도 치밀한 로비가 작용한 것임은 불문가지의 사실이나. 이명박 대통령이 '격노'하여 철저한 경위 파악과 원상회복을 주문한 것은, 당연한 일이기는 하되 너무도 허망한 뒷북치기일 뿐이다. 외교통상부나 주미 한국대사관의 뒤늦은 '강력 대응'은, 우리 속담에 있는 소 잃고 외양간 고치기의 표본에 해당한다.

국제무대에서 이명박 정부의 외교 안보 역량이 총체적 난국에 처해 있는 틈을 타서, 사무라이와 닌자의 나라 일본은 그 전통적인 방식으로 도발했다. 어떤 안전장치가 있었기에, 이명박 대통령은 역사의 교훈을 도외시한 채 일본을 향해 "과거는 모두 잊자."고 제의했던 것일까. 외교 안보에 관한 철학이나 그것을 국정 수행에 도입할 조정 기능 및 총괄 전략도 없이 앞으로 남은 임기를 어떻게 채워 나갈 것인가.

그런데 여기에 놀라운 사실이 하나 더 있다. 텔레비전 뉴스에 비치는 현재의 독도 사진 중 우리가 세운 표석에, 독도라는 한글 외에 리앙쿠르 록스Liancourt Rocks라는 영어명이 그대로 병기되어 있는 것이다. 리앙쿠르는 1849년 무인도를 발견한 프랑스 포경선의 이름을 딴 것이며, 그것이 김하나 씨의 사례에서 보듯 영토 개념을 침범하는 용어인데도 우리 스스로 버젓이 그렇게 새겨 놓고 있는 판이다.

이미 31년 전부터 미국식 표현이 그러했다거나, 그 화강암 표석이 1953년 10월 15일 대한산악회에서 세웠다가 태풍에 멸실된 것을 2005년에 복원했다는 등의 변명은 지금 소용에 닿지 않는다. 필자가 경상북도 울릉군 문화관광과장에게 확인한 바에 의하면 앞으로 고칠 계획으로 있다는 것인데, 그 오랜 세월을 두고 우리 정부와 관계 기관은 이런 문제에 관심도 없고 능력도 없었음을 여실히 증명하는 형국이다.

이명박 정부는 내치도 내치이거니와 조속히 외교 안보의 큰 틀을 다시 점검하고, 일본·미국·북한·중국을 비롯한 거의 모

든 이해 당사국들과의 관계에서 발생하고 있는 '외교 최악 성
적표'를 개선해야 한다. 특히 내 나라의 영토를 수호하는 일
이 흔들리면 이 대통령은 어떤 빛나는 업적을 이룬다 할지라도
'역사의 죄인'이라는 멍에를 벗어나기 힘들게 된다. 우리 국민
또한, 개개인이 '제2의 김하나'가 되어 자기 자리에서의 애국에
몸을 던질 때이다. 일련의 사태들이 너무 긴박한 지경에 있기
때문이다.

지식인들이어, 절필하라

한국문학에 한 획을 그은 대하역사소설 《객주》의 작가 김주영. 그는 1990년 소위 '절필 선언'을 한 지 일 년 만에 다시 문단에 복귀했다. "나 스스로 애써 부인한들 예나 지금이나 작가로 존재한다는 사실을 확인했을 뿐"이라는 원론적 명제를 안고 돌아왔다.

사람들을 안타깝게 했던 것은, 1971년 〈휴면기〉 이래 그가 발표한 단단한 단편 및 방대한 장편들이 표방하고 있는 바 한 작가의 탁발한 서사적 형상력이 행여 동시대 문학의 행간 속으로 주저앉아 버리지 않을까 하는 우려였다. 그 고심참담한 '절필' 일 년은, 이 작가에게 준엄한 자기반성과 새로운 기력을 섭생하고 충전하는 기간이 되었을 수도 있었고, 소설을 제작해 내는 필생의 작업에 있어 하나의 유의미한 전환점이 될 수도 있었을 것으로 보였다.

그러나 그가 이름 있는 작가로서 지녀야 할 사회적 책임이나 지식인의 윤리라는 측면에서 본다면 이 '절필 선언' 자체는 하나의 웃지 못할 희극이 된 셈이었고, 좀 더 거칠게 말해 그렇게 함부로 '절필 선언' 따위를 해서는 안 된다는 경각심을 촉발하는 사건으로 남게 되었다.

만약 춘원 이광수나 육당 최남선이 그 문필이 충분히 무르익은 채 일제에 영합하지 아니하고 붓을 꺾었더라면, 아마도 우리는 근대문학 또는 근대 역사학의 '아버지'를 가지고 있을 터. 유학의 정명주의에 목숨을 초개같이 내던지던 이 민족의 선비정신은 모두 어디로 가고, 우리는 존경할 만한 인물 만들기에 실패한 슬픈 역사의 후예들이 되고 말았다.

그런데, 여기 주목할 만한 한 인물이 있다. 김창걸. 일제강점기에 만주 유이민들의 고통스러운 삶을 소설을 통해 드러냄으로써, 그 시대상에 대한 비판적 의식을 뜻있게 문학화 한 작가이다. 1939년 초 당시 관동군의 영향 아래에 있던 〈민선일보〉 신춘현상문예에 〈학교를 세우고〉라는 작품으로 당선하여 작품 활동을 시작한 그는, '필봉을 낮추어 쓰라. 발표될 가능성 여부를 생각해서 쓰라.'는 충고를 수용할 수밖에 없었으며 그로 인하여 심각하게 고민했다.

1940년대 초반, 문제성이 희석되는 작품과 문제의식이 되살아나는 작품 사이를 오가다가, 일제 막바지인 1943년 창작 환경이 한층 가열한 상황으로 변하자 그는 '절필사'를 남기고 글 쓰기를 중단했다. 그의 '절필'이 그 '절필사'에서 보듯 반드시 항일 투쟁의 한 방식인 것은 아니다. 그러나 그 '비위'를 맞추는 문필을 계속할 수 없다는 결심이 중요한 동기인 것은 분명하다. 바로 그것 때문이다. 일제하의 시기를 통틀어 이러한 작가의 결단을 직접적으로 천명한 경우가 없는 까닭으로, 김창걸은 재만한국문학, 더 나아가 한국문학 전반에 있어서 존중받을 지위를 가질 만하다.

근자의 대통령 탄핵 사태에 대한 당대 지식인들의 글과 말을 관찰해 보자면, 새삼 김주영이나 김창걸이 존경스러워진다. 강준만같이 중간파의 자리가 없다고 탄식하면서 글을 닫겠다는 이도 없지 않으나 너나없이 그동안 수련한 글과 말을 들고 세속의 저잣거리를 향해 몸을 던지는 형국이다.

하나의 중대한 사회적 사건에 대해 서로 대립하는 세력들이 첨예하게 부딪칠 때, 지식인의 올곧은 태도는 대체로 '양비론兩非論'일 수밖에 없다. 너는 이래서 문제가 있고 너 또한 이래서 문제가 있는데, 이 모두를 감안하더라도 특히 네가 이러이러한 잘못을 유발하지 않았느냐, 거기서 출발해서 이렇게 가면 그 문제들이 이렇게 풀릴 수 있지 않겠느냐……

이를테면 하나의 사태에 대한 엄정한 균형 감각이 필요한 것인데, 이 탄핵정국의 지식인들은 그것을 붙들고 있는 것이 무슨 부끄러운 유산이라도 끌어안고 있는 것으로 착각하고 있는 모양이다. 양자 가운데 한쪽으로 기울어 상대방의 허물만 증폭시켜 보이고, 다른 한쪽의 허물에 대해서는 일언반구 언급도 없이 넘어가는 자들이 무슨 지식인들이겠는가.

그러므로 이 시대의 세속적 지식인들이여, 그대들의 태도가 저 여의도 공간의 정치꾼들과 다를 바 없을 것이라면 이제 그만 침묵하라! 아니, 이 세태의 난맥상에 대한 확고한 소신이 없다면 당분간이라도 절필하라! 그것이 그나마 최소한의 윤리적 금도襟度가 되도록, 그나마 우리의 글과 말이 더 이상 부서지지 않도록.

문화예술에 무관심한 정부

미국에서 대호평을 받은 바 있는 뮤지컬 〈마이 페어 레이디〉의 원작은 조지 버나드 쇼의 〈피그말리온〉이다. 미국의 영화 제작자 새뮤얼 골드윈이 그 원작의 영화화를 요청하기 위해 쇼를 찾아갔을 때, 쇼는 예의 비꼬는 어투로 "그따위 작품을 영화화해서 성공할 까닭이 있겠는가? 큰 손해를 보고 실망할 걸세."라고 말하며 우회 전법을 썼다.

그러나 골드윈은 "손익에 대하여는 문제를 삼지 않습니다. 다만 선생님의 훌륭한 예술을 존경하는 나머지 부탁드리는 것입니다."라고 간청하였다. 쇼는 한술 더 떴다. "그 점이 자네와 내가 다르단 말일세. 자네는 예술을 존중하고, 나는 돈을 그에 못지않게 존중한다네."

이 이름난 독설가 쇼가 〈인간과 초인〉에서는, 예술가에 대해 다음과 같이 적었다. "참된 예술가는, 헐벗고 굶주리는 아이와 아내를 두고 70세나 되는 어머니에게 생활의 조력을 시켜도, 자기 예술 이외의 일은 아무것도 하지 않는다."

이 두 가지 서로 다른 표현법은 쇼가 예술과 현실의 상반된 면모를 예리하게 적출한 사례이다. 비단 독설가에게서만 그러하겠는가. 모든 예술가에게서 예술적 성취의 길은 멀고 현실의 저잣거리는 가까이 있다. 일생을 두고 가난과 불운에 시달렸던 베토벤이 편지에서 "나의 예술은 가난한 사람들의 행복을 위해서 바쳐지지 않으면 안 된다."라고 토로한 것은, 곧 예술가의 가난을 직접 겪어 본 고통스러운 체험으로부터 말미암았다.

그런데 문제는 좀 더 깊은 곳에 있다. 그 삶의 동통이 없이 인간의 심금을 울리는 예술혼이 생성되기가 어렵기 때문이다. 동시에 그와 같은 예술적 환경 없이는 인간이 문명인이 될 수 없기 때문이다. 인간과 예술의 여러 유형을 연계하는 핵심에 '문학'이 있음은 두말할 나위가 없다. 그래서 휘트먼은 "오늘의 문명에 있어 문학이 모든 예술을 지배하고 그 모든 것 이상으로 역할 하고 있다는 사실은 부정할 수 없다."고 〈민주주의적 전망〉에서 말했다.

비록 현실 생활과 멀리 떨어져 있는 것처럼 보이지만, 문학은 인간의 정신을 다루는 영역이다. 비록 사회적 지위와 부유를 누리기는 어렵지만, 문학가는 동시대 의식의 깨어 있는 감각에 해당한다. 그들의 자유분방한 시각과 상상력, 그리고 그

언어 표현의 방식은, 미래 세계를 구성하는 원동력이다. 그러한 까닭으로, 문명한 사회는 문학가들이 그들 자신의 아프고 슬픈 현실을 끌어안은 채 예술혼을 발양할 수 있도록 지원을 강화해 간다.

그런데 근자의 우리 사회가 문학가를 지원하는 일의 변모 양상을 보고 있노라면, 도대체 이 사회 또는 정부가 문명한 사회로 가는 길의 이정표를 어디에 세우고 있는지, 탄식을 금할 수 없을 때가 많다. 부족한 대로 문학가들을 직접 지원하는 것이 한국문화예술위원회의 '문학나눔' 사업일 터인데, 2005년도에 52억 2천만 원으로 출발한 예산이 올해에는 23억 원이니 44퍼센트 수준으로 삭감된 셈이다.

도대체 누가 있어, 그리고 무슨 급한 근본적인 사업이 그리 많아 문학 지원 예산을 절반 이하로 줄인단 말인가? 그 주요 수입원인 '복권기금'은, 문학나눔과 같은 문화예술의 소외 계층을 대상으로 한 지원을 통해서 사행성의 멍에를 걸어 낼 수 있는 것인데, 이제는 그에 대한 최소한의 경각심도 내팽개친다는 말인가? 정부에서 이 분야를 담당하는 관리의 머리와 손은 매일의 업무에서 무엇을 향하고 있는 것일까?

문화적 약자들을 돌보지 않고 문명한 선진국으로 가는 길은 어디에도 없다. 더욱이 복권기금 사업비 중 문학나눔이 포함된 문화예술 진흥 사업비는 그나마 4~5퍼센트대에 머물던 것이 이제는 불과 2퍼센트대로 내려앉았다. 영국, 캐나다, 호주 등 선진국들이 이 분야에 대한 지원을 15~25퍼센트대로 우대하고 있는 것은 통계자료를 통해 너무도 쉽게 찾아볼 수 있다.

구구한 변명이나 상황 논리를 넘어 나라의 미래와 그 본질적 준비에 관한 인식을 새로이 하는 시금석, 그 가운데 하나가 바로 문학에 대한 기본적인 지원을 지키는 일이다.

'문화 서울'의 현주소를 바꾸자

'내 작품 속의 서울, 지금 그곳은 어떤가?'라는 주제로 글을 쓰라는 원고 청탁서가 날아왔을 때, 나는 순간적으로 이는 나와 관련이 없는 것이라고 생각했다. 시인이나 작가가 서울의 어떤 지역을 소재로 하여 글을 쓰고, 그곳이 과거와 달리 지금 어떻게 변했는가를 서술하도록 마련된 기획이라 여겼기 때문이었다.

그런데 며칠을 지나면서 문득 생각해 보니, 꼭 그럴 일도 아니다 싶었다. 내가 문학평론을 한답시고 썼던 이런저런 글들 중에도 서울과 관련된 것이 있고, 또 내가 다룬 작가들의 경우에도 서울이라는 공간 환경을 배경으로 그 삶과 글을 펼쳐 간 이들이 적지 않았음을 염두에 두면, 평론이라고 해서 굳이 시나 소설과 구분하여 별개의 자리에 서야 할 이유가 없어 보였다.

그래서 머릿속에 떠올린 작가가 곧 구보 박태원이다. 그는

1910년 서울에서 태어나 일본에 유학하고 구인회 문인들 및 이상과 긴밀한 유대를 맺으며 작품 활동을 했다. 일제강점기와 해방 공간을 거쳐 월북했고 생전에 북한 최고의 역사소설 작가로 평가되었다.

그가 남긴 〈소설가 구보 씨의 일일〉과 《천변풍경》은 1930년대 중후반에 있어 우리 문학작품의 가장 높은 수준에 도달했으며, 1950년 월북 이후 1986년 임종 직전에 완성한 《갑오농민전쟁》은 북한 역사소설의 최고봉으로 일컬어진다.

나는 그의 작품에 대한 소논문 몇 편과 '평전'이란 이름을 달았지만 기실은 작가·작품론에 해당하는 책 한 권을 쓴 연유로, 그의 생애와 문학 세계에 대해 비교적 잘 알고 있는 편이다. 그를 중심에 둔 연구자 모임인 '구보학회'의 부회장을 맡고 있기도 한 터이어서, 이래저래 그와 인연이 없지 않은 편이다.

박태원의 장편소설 《천변풍경》은 1936년부터 《조광》에 연재되어 2년 후인 1938년에 상재되었다. 익히 알려진 바와 같이 이 소설은, 자신이 살던 청계천 일대의 거리와 사람들의 모습을 담고 있으며 일제강점기를 살아야 했던 지식인 룸펜의 내면 풍경을 고스란히 끌어안고 있다.

구보학회가 설립된 후 그의 작품에 대한 연구를 시작하면서 그가 이룩한 문학적 성과를 기릴 만한 일을 의논하다가, 청계천을 배경으로 한 유일한 세태장편소설이 《천변풍경》인 점을 감안하여 이를 두고 어필을 해 보기로 했다. 때마침 이명박 전 서울시장의 청계천 복원 공사가 한창인 때였다.

서울에 거주하는 박태원의 차남 재영 씨가 가진 자료에 의하면, 작가가 살던 지번은 지금 구역이 변하여 대로 속에 묻혀 버렸다. 그러나 그가 청계천 주변을 부유하며 산책자로서 사색했고 그러한 정황을 작품 속에 담고 있는 것은 명약관화한 일이며, 그 작품이 당대의 시대적 풍광과 세태 풍속을 약여하게 반사해 보여 주는 것은 지역성의 가치를 한껏 높이는 일이라 해야 옳겠다.

우리는 복원되는 청계천 인근, 이를테면 서울시가 새로 지은 기념관 어디에 일실을 확보하며, 구보기념관을 두고 이 작가를 기념하는 전시나 학술 연구를 수행할 수 있기를 원했다. 서울 문화재단이나 서울시 여러 곳에 상황을 설명하고 심지어 탄원도 해 보았지만, '공간 부족'이라는 한 마디 답변밖에 다른 긍정적인 말은 들을 길이 없었다.

오늘날 각 지방자치단체가 앞다투어 문학관이나 문학 마을을 복원하고 작가를 기리며 재평가하는 일을 문화 사업의 시대적 조류로 받아들이고 있는 형편에 비추어 보면, 서울의 문화 행정은 오히려 뒷걸음질을 치는 양으로 보였다. 서울시 어디에 변변히 시인이나 작가를 기리는 문학적 시설이나 건축이 하나라도 있기나 하면 말을 않겠다.

새로이 선출된 오세훈 서울시장은 그의 선거 유세 중에 '문화 시장'이 되겠다는 다짐을 여러 차례 했다. 그 약속에 기대어 우리 학회에서는 다시 이 문제를 제기해 볼 요량으로 있지만, 글쎄, 마음속으로는 그다지 자신이 없다. '사람은 자신이 아는 만큼 이해한다.'는 옛말이 있거니와, 이 문제의 해결을 위해서는 문화 일반에 의식이 있는 지식인들이 나서서 서울시의 관계자들에게 무료 교양이나 눈물어린 호소라도 해야 할 판이다.

'문학의집·서울'이 서울문학인대회를 기념하여 문집을 만들면서 문인들에게 문학작품 속의 서울을 말하라고 재촉하는 마당에 그보다 앞서 우리 문학사에 알려진 문학작품 속의 서울을 챙겨 보는 것이 순서가 아닐까 싶어 이 구차스러운 언사들을 늘어놓고 있다.

비단 박태원만이 아니다. 염상섭이나 이상과 같은 뛰어난 문인들 가운데 서울 출생이 즐비하고, 그들의 작품 속에 나타난 서울도 각양각색인데, 우리는 이를 돌보지 않고 있으며 지자체로서의 서울도 그간 전혀 관심을 보이지 않았다. 그렇기에 하는 말이다. 우리 시대 젊은 시장의 약속처럼 진정한 '문화 서울'이 될 수 있도록 우리 모두 발상을 새롭게 해 볼 수 있기를 바란다.

성삼문의 '시인'과 '투사'

　때는 어느덧 홍엽과 조락의 늦가을을 넘어 바람 차고 눈발 흩날리는 겨울의 초입에 이르렀다. 이 계절에 문득 생각나는 시 한 수.

　　이 몸이 죽어 가서 무엇이 될고 하니
　　봉래산 제일봉에 낙락장송 되었다가
　　백설이 만건곤할 제 독야청청하리라

　익히 알려진 성삼문의 옥중시이다. 세조의 권세와 위협에 굴하지 않고 목숨을 던져 지조를 지켰다. 유학의 정명주의를 그 정신과 몸으로 체현하고 실행한 하나의 전범, 그렇기에 이 시조에서는 '투사 성삼문'의 면모가 약여하다.

　시조 중의 '봉래산'은 금강산의 별칭이다. 봄에는 금강산, 여름에는 봉래산, 가을에는 풍악산, 겨울에는 개골산. 현대아산에서 금강산 관광길을 운행하는 유람선의 이름을 금강호, 봉래호, 풍악호라 붙였고, 다만 겨울의 바위산을 뜻하는 '개골皆骨'의 경우는 그 어감이 좋지 않아 설봉호로 했다고 알고 있다.

'현대'가 기업의 경제적 이윤보다 앞서 민족 화해와 통합의 미래를 내다보고, 대북 사업을 추진한 것은 반드시 후세 사필의 평가를 받을 것이다. 이 물꼬를 튼 기업인 고 정주영 회장을, 그냥 기업인이 아니라 현대사의 주요한 역사 인물로 볼 수 있는 것은 바로 그 때문이다. 그래서 필자가 관여한 바 있는 '소설로 쓰는 역사 인물 100명'에 고 정 회장을 적극적으로 추천할 수 있었다.

비록 성격과 방향은 다르지만, 빈곤에 허덕이던 한국 경제를 오늘날과 같은 수준으로 끌어올리는 데 기업으로서 '현대'가 기여하고 공헌한 배경에는, 성삼문의 의식 또는 투지와 같은 정신주의의 견고함이 잠복해 있었을 터이다.

그런데 다음의 시, 오언절구의 한시 한 수를 다시 읽어 보자.

격고최인명擊鼓催人命

서풍일욕사西風日欲斜

황천무객점黃泉無客店

금야숙수가今夜宿誰家

북소리 내 목숨을 재촉하는데

서녘 바람에 지는 해가 기울어 가네

황천으로 가는 길에 주막 하나 없다는데

오늘 밤은 어디서 잠을 이룰고

이는 성삼문이 형장의 이슬로 사라지는 순간에 남긴 절명사絶命詞 또는 임사부절명시臨死賦絶命詩라 부르는 한시의 명편이다.

그대여, 여기서 잠시 생각에 잠겨 보라. 이 이름 있는 한시 가운데서 앞서의 시조에서 보았던 '투사 성삼문'을 발견할 수 있는가? 그는 어느 결에 사라지고 이 처연하고 쓸쓸한 감회에 넘치는 시구에는 '시인 성삼문'만 남아 있을 뿐이다.

바로 이 지점, 이 대목에 주목할 필요가 있다. 시인 성삼문이 있고서야 투사 성삼문이 가능하리라는 인문학적 사고와 정신주의의 개가 말이다. 우주와 세계를 바라보는 시각이 명료한 결론에 도달했다면 삶의 태도와 행위는 이미 결정된 바와 마찬가지이다. 대개의 경우 기능과 방법은 사고와 인식의 결과이다.

시인 성삼문의 유교적 세계관이 어느 순간 급작스럽게 만들어진 것이 아니며, 그것이 갖는 자기 체계의 지속성 아래에서 투사 성삼문은 그 부분집합에 해당한다. 곧 이 경우의 시인은 대개 투사일 수 있으되, 투사가 모두 시인인 것은 아니라는 뜻이다.

우리는 이와 아주 유사한 사례를, 오늘날의 시인 중 김지하에게서 목도할 수 있다. 〈황토〉와 〈오적〉의 투사였던 김지하는 어느덧 〈애린〉과 〈별밭을 우러르며〉의 시인으로 치환되었다. 그의 근본적 바탕인 시인이 그를 현상적 외형의 투사로 이끌었으리라는 것이다.

우리는 현실적인 어려움이나 단기적 목표에 시선을 두지 말고, 성삼문이 가졌던 그 수발한 세계관과도 같이 올바르고 미래지향적이며 확고한 이념을 점검하고 이를 실행해 나가야 한다. 이 '시인'으로서의 수순이 올곧게 작동된다면 우리는 언제나 '투사'가 가능할 것이며, 우리가 형성하고 있는 공동체의 앞날에 밝고 푸른 등불을 내걸 수 있을 것으로 믿는다.

삼가기를 처음과 같이

1415년 조선 태종 15년에 출생하여 1487년 성종 18년에 사망하였으니 70여 년을 살았다. 자를 자준子濬이라 하고 호를 구정鷗亭이라 했으며, 문신으로서 나중에 그 시호를 충성공忠成公이라 했다. 본관은 청주. 성종비 공혜왕후의 아버지. 이 정도이면 이것이 누구의 이력인지 알 만하다.

좀 더 설명해 보자. 수양대군에 협력하여 좌익공신 일등이 되었으며, 사육신의 단종 복위 운동을 좌절시키고 그들의 주살에 적극 가담했다. 1463년 좌의정을 거쳐 1466년 일인지하 만인지상의 영의정이 되었으며, 1467년 이시애의 난 때 반역 혐의로 체포되었다가 석방. 남이의 옥사를 다스린 공로로 익대공신 일등이 되었다. 사후 연산군 대에 이르러 윤비의 사사 사건에 관련되었다 하여 부관참시 되었는데, 후에 복권되었다. 그는 누구인가?

두말할 것도 없이 세조가 '나의 장자방'이라 호명하던 한명회韓明澮이다. 10여 년 전까지만 해도 한명회는 역사에 그 이름이 교활한 간신의 표본인 양 전시되고 있었다. '세勢는 시時에 따라 변하고 속俗은 세에 따라 바뀐다.'는 옛말이 있거니와, 지금에 와서 한명회에 대한 세간의 인식은 현저히 달라졌다.

그에 대한 재평가의 기치를 처음으로 거양한 이는 드라마 작가 신봉승 씨다. 이분이 필자의 동문 선배요 또 대학원을 함께 다닌 인연이 있어 저간의 사정을 익히 알고 있는데, 〈조선왕조 오백 년〉이란 대하 사극을 통하여 그를 난세의 경륜가로 새롭게 형상화했던 것이다. 뿐만 아니라 태종과 세조, 정인지와 신숙주 등도 당대적 현실을 배경으로 납득할 수 있는 현실주의 정치가로 그려 내었다. 이는 마치 현대 물질문명의 사회에 있어서 흥부만 착하고 놀부만 나쁘다고 할 수 없다는 발상의 전환과 같이 가히 상전벽해桑田碧海라 할 만한 관점의 변화에 해당한다.

그 한명회가, 천하가 자기 손 안에 있다고 생각할 만큼 제세의 안목과 기량이 남달랐던 한명회가, 이윽고 와병 중에 운명을 맞게 되었다. 명철한 임금 성종은 그 자리로 사람을 보내어, 그의 마지막 충고를 수거해 오도록 했다. 한명회는 그 엄중한 순간에 다음과 같은 의미심장한 말을 남겼다. "삼가고 조심하기를 처음과 같이 하십시오." 그의 생애와 행적에 대한 평가는 역사를 재는 잣대에 따라 각기 다르게 나타날 수 있다. 그러나 그가 남긴 이 최후 진술은 오랜 세월의 풍화작용에도 침식되지 아니하는 명언으로서, 미상불 한명회가 남길 만한 몸가짐과 마음가짐의 경계라 할 터이다.

근자에 경기도 양평군과 경희대학교가 자매결연을 맺고 '황순원문학촌—소나기마을건립추진위원회'를 구성한 다음, 이 사업을 공동으로 추진하기로 했다. 일제 말기에서부터 오늘에 이르기까지 순수문학을 지킨 거목이요 작가의 인품이 작품 속에 투영된 작가 정신의 사표師表 황순원 선생이 필자의 은사인 까닭으로, 필자는 이 일의 실무 책임을 맡고 있다.

맑고 아름다운 서정과 순수하기 이를 데 없는 감정의 교류를 한 폭의 수채화처럼 펼쳐 놓은 〈소나기〉는, 그 작품으로서의 특성과 독자들의 사랑이 깊은 사정을 감안하여 문단 일각에서는 '국민 단편'이라고까지 부르고 있다. 앞으로 조성될 '소나기마을'은, 소설 속의 풍경, 이를테면 소년과 소녀가 만나던 개울과 원두막, 갈밭이 펼쳐진 산자락 등을 재현하여 그 마을을 한 바퀴 돌아 나오면 마치 소설 속을 산책하고 나온 느낌이 드는 테마파크로 꾸며질 예정이다.

뿐만 아니라 그 마을에 연이어 작가 황순원의 일생을 보여주는 전시관과 작품을 동영상으로 볼 수 있는 상영관, 세미나실, 야외 공연장, 작가나 시인이 머물며 창작 집필을 할 수 있는 작가실 등이 건립될 계획으로 있다.

　이 일과 관련하여 필자에게 절실한 감회 하나는, 우리 문학에 의미 깊고 독특하고 돌올한 봉우리를 이룩한 그분의 삶과 문학이, 문학에 대한 처음의 그 순수한 열정을 끝까지 변절함 없이 지킨 결과였다는 사실이었다.

　이 범박하면서도 소중한 초발심初發心의 교훈은, 세상의 저 잣거리에서 이 모양 저 모양으로 사람들과 부딪치며 살아가는 우리들에게도 꼭같이 요긴한 덕목이 아니겠는가. 아서라! 우리 모두 정녕 삼가고 조심하기를 처음과 같이 할 일이다.

6
내가 배운
문학론

誤 讀

'전쟁은 모든 악의 어머니이다.', '전쟁은 인류를 괴롭히는 최대의 질병이다.'와 같은 레토릭에는 전쟁의 참상과 그로 인한 고통스러운 삶의 체험이 배어 있다. 6 · 25 동란. 우리 민족사상 최대의 비극으로서 이 전쟁은, 조국을 두 동강으로 갈라놓았다는 표층적 사실과 함께 동시대를 살고 있는 수많은 개개인의 생애에 지울 수 없는 상처를 안겨 주었다. 문제는 이 상처의 그루터기가 '과거 완료'의 사실이 아니라 지금도 내연하는 '현재 진행형'이라는 점이다.

외면적으로 한반도의 분단이 고착되는 일과 우리의 의식 체계 및 문화 관습에서 건강한 활력이 위축되는 일은 결코 서로 떨어져 있는 별개의 항목이 아니다. 6 · 25가 한국 현대문학사를 관류하여 하나의 줄기를 이루는 소재가 되어 온 것은, 그 여파의 자장이 여전히 우리 삶의 뿌리에까지 미치고 있기 때문이다. 작가들의 이에 대한 인식이야말로 분단문학의 다양한 시도와 전개를 가능하게 한 원동력이라 할 터이다.

시대 현실에 반응하여 패배와 반항의 군상을 그린 전후문학, 그리고 이데올로기와 인간성의 갈등에 관념적으로 접근한 문학을 거쳐, 1970년대에 이르면 분단 문제가 문학의 주요한 주제로 등장하는 사정을 훨씬 상회하여 이 주제로 인하여 우리 문학이 일대 흥왕기를 맞는 상황을 유발하게 된다.

전상국, 김원일, 윤흥길, 유재용, 하근찬, 홍성원, 한승원 등 주요한 작가들의 작품에서 6·25는 현실의 삶 속에 파고든 후유증의 진원, 유년 시절의 아프고도 잊을 수 없는 기억, 그리고 이제는 다시 점검되고 극복되어야 할 대상으로 형상화되었다. 1980년대로 들어와서는 김용성, 조정래, 이문열 등의 작가들이 본격적인 장편소설로 분단 문제에 접근하고, 임철우, 양선규, 이창동 등 6·25 미체험 세대들의 시각이 주목의 대상이 되기도 했다.

이와 같은 흐름에서 '국가불행시인행國家不幸詩人幸'이라는 동양 고시가의 경구처럼 6·25가 소설의 소재에 있어 중요한 보고寶庫가 되어 왔고, 분단 이후 반세기를 헤아리는 세월의 경과가 문학을 체험에서 분리시켜 역사적 안목 아래 정리할 수 있는 시간상의 간격을 확보해 주었음을 확인할 수 있다.

이러한 현상은 또한 남북 간 화해의 전망과 민족의 통합을 탐색해 나갈 앞으로의 시대에서도 그러할 터이다. 남북한이 국토를 통일하고 문화를 통합하는 문제만큼 절실하게 우리 민족의 정신사를 압박하는 것이 없다고 한다면, 분단문학의 발전적 진행 단계야말로 민족사의 환부를 보살피는 작업이며, 직접적으로 밝은 해결의 길이 보이지 않더라도 꾸준하게 천착되어야 할 과제이다.

물론 문학이 이를 위해 구호나 행동을 앞세울 수는 없으며 그 해결의 가능성과 방안을 정신적 결정으로 응축하여 제시하는 데 그치겠지만, 이를 통해 우리 사회의 관심과 의욕을 환기하는 일은 민족과 역사 앞에 선 문학의 책무이기도 하다.

이처럼 거시적인 관점으로 볼 때 근대사 전체의 성격과 유기적으로 맞물려 있으면서, 인간의 모든 갈등과 모순이 특징적으로 나타나는 전쟁 및 분단의 장면들을 실제로 체험해 왔으면서도, 우리 문학사가 《전쟁과 평화》 같은 세계 수준의 작품을 내놓지 못한 데는 여러 가지 이유가 있을 것이다.

격변하는 역사철학적 계기나 구체적인 사상성의 문학화, 또는 이를 집약적으로 드러내는 문제적 개인의 전형성 확보에 미치지 못하였음을 우선적으로 지적할 수 있겠는데, 결과적으로는 앞서 언급한 강렬한 체험적 사실들을 문학화 하는 형상력의 부족을 논거 할 수밖에 없겠다.

물론 이와 같은 요구가 문학을 지나치게 도식화하는 일이

라 간주하고 순문학의 토양을 진지하게 가꾸어 나가기를 주장
하는 작가들이 또 다른 층운을 이루고 있기도 하지만, 우리 문
학이 독자적인 입지 조건과 현실 감각을 살려 세계문학의 무
대로 나아가는 데 이르기 위해서는, 1950년대의 전후문학으로
부터 오늘날의 이산문학, 통일문학에 걸친 분단문학의 주류를
그 디딤돌로 삼지 않을 수 없는 형편에 있다.

어쨌거나 21세기로 들어선 이래 우리 분단문학이 안고 있
는 가장 큰 과제는, 이제까지의 절름발이 문학사를 다시 쓰면
서 남북 간의 문화통합을 통한 통일시대문학의 새로운 규범과
장정을 만들어 가는 일이라 할 것이다. 분단 상황의 가파른 언
덕을 넘어 민족의 동질성을 회복하고 끝내 대동화합과 조국의
통일을 추구하는 문화적 소명을 다양하고 폭넓게 진행시켜 나
가야 하리라 생각된다.

지금까지의 논의를 토대로 할 때 우리는, '어떻게 해야 분단
문학의 출중한 작품을 얻을 수 있을 것인가?'라는 질문에 대
답해 볼 필요를 느끼게 된다. 전쟁과 그 주변 문제를 다룬다는
사실은, '악의 묘사는 그 치료를 위해 있다.'는 에밀 졸라의 문
학관에 의거해 볼 때 그 존재 이유가 명백해진다.

그러할 때 문인들이 그리스 독립전쟁에 참가하고 미국의 남
북전쟁에 나가며 또 레지스탕스 작가들이 파시즘에 항거한 상
황을 쉽게 상정해 볼 수 있다. 단정컨대 호메로스 이래 전쟁문

학에 나타난 비극성과 그 '공포와 연민'이 반전사상을 촉발시켜 왔음은 틀림없는 일이다. 이상과 같은 분단문학 논의를 기반으로 하여 여기서 척박한 모습인 채로 제기해 보고자 하는 방향성의 문제들은 다음과 같다.

첫째로, 분단 상황이라는 우리만의 독특하고 강렬한 현실적 체험을 문학으로 변용시키는 서사적 형상력의 증폭 작용이다. 한 편의 소설이 내면적으로 단단한 감화력을 갖추면서 외면적으로 균형 있는 방향 감각을 내보일 수 있다면, 비록 그것이 단편소설이라 하더라도 우리 문학사에 분명한 존재 값을 매길 수 있게 될 것이다.

둘째로, 그와 같은 소설적 성과는 지금껏 우리가 논의해 온 바에 비추어 볼 때 시대적인 변혁의 기점이 되는 역사철학적 계기의 문학화와 이를 제대로 대변할 문제적 개인의 전형성 확보에 기댈 수밖에 없을 터인데, 이 지난한 과제가 분단 상황의 유전流轉 속에서 어느 정도 해결될 수 있다면 우리 문학은 그러한 소설적 인물의 인도를 따라 당당히 세계문학의 무대로 나아갈 기반을 얻을 수도 있을 것이다.

셋째로, 시대와 사회의 현실을 보는 시각의 다양성이나 소설 구조상의 '낯설게 하기' 같은 것들이 단순한 기법상의 소격 효과를 노리는 데 그치는 것이 아니라, 거칠면 거친 대로 우리 삶의 진실을 체계적으로 드러내 주고 일관된 사상성의 맥락을

짚는 도구가 되어야 한다는 사실이다. 문학으로써 그와 같은 측면의 구체적 형상을 제시하는 노력을 기울임에 있어서는, 이에 앞선 사상성의 확립과 이를 수용하는 용기容器의 개발이 동시적으로 이루어져야 할 터이다.

이러한 사항들이 우리 분단문학에 적용되어 확고한 모습을 드러내게 되면, 5천 년 역사를 통하여 축적된 우리의 문화적 역량이 분단문학을 통일 시대의 새 면모를 갖춘 문학으로 끌어 올리면서, 남북 간의 새로운 유화 관계에 대한 전망과 함께 민족사의 활로를 열어 주는 소중한 예고의 장치로 기능할 수 있게 될 것이다.

현재 눈앞에 있는 천안함 사태 등은 그것대로 우선 단기적인 처방이 있어야 하겠지만, 민족적 장래를 내다보는 장기적인 대응을 문학과 더불어 살펴보자면 그러하다는 의미이다. 남북 관계가 일촉즉발의 위기 국면으로 치닫고 있는 오늘날, 상황이 그러할수록 근본적으로는 보다 먼 시야를 확보하고 이 극도로 경색된 상황을 헤쳐 나갈 지혜를, 현실에서 그리고 문학적 상상력 속에서 동시에 추구하는 것이 옳다고 여겨진다.

최근 북한문학의 변화와 분단사적 의미

왜, 지금 여기서 북한문학인가

격세지감이나 상전벽해란 말은, 과거 냉전시대의 기억을 보유하고 있는 사람에게 오늘의 남북 관계를 펼쳐 보일 때 어김없이 떠오를 표현 방식이다. 이제는 한반도와 관련된 모든 연구와 논의 체계에서 북한 문제를 도외시하고서는 포괄적 설득력을 얻기 어렵게 되었다. 이를테면 북한이라고 하는 테마는 정치, 경제, 군사, 인적 교류 등 모든 분야에 있어 더 이상 '변수'가 아닌 '상수'의 지위에 이르렀다.

문학에 있어서도 마찬가지이다. 지금껏 우리의 문학사는 북한문학을 별도로 설정된 하나의 장으로 다루어 오는 것이 고작이었으나, 이제는 남북한 문화통합의 전망이란 큰 그림 아래에서 시기별로 비교 대조하면서 그 공통점과 차이점을 찾아보려는 시도가 빈번해졌다. 북한문학에 있어서도 1980년대 이래

점진적인 궤도 수정이 이루어져서, 과거 그토록 사갈시하던 친일 경력의 이광수나 최남선을 문예지에 수록하는가 하면 남북 관계에 대해서도 이념적 색채를 강요하지 않는 작품들을 선보이는 등 다각적인 태도 변화가 나타나고 있다.

물론 남북한은 군사적 차원에서 아직도 휴전협정을 평화협정으로 변경하지 아니한 임시 휴전의 상태가 지속되고 있는 형편이며, 동해에 유람선이 오가는 동안 서해에 무력 충돌과 교전이 발생하는, 매우 불안정하고 아이러니한 상관관계에 있는 것이 사실이다. 우리와 유사한 사정에 있던 독일, 베트남, 예멘 등은 모두 통일을 이루었고 중국의 양안 관계도 거의 무제한적인 교류와 내왕을 허용하고 있는데, 유독 우리 남북한은 여전히 생사 소식을 알 수 있는 엽서 한 장 주고받지 못한다.

이 극심한 대척적 상황, 한쪽에서는 비록 극소수이나 가족 간의 만남과 조건 없는 경제적 지원이 이루어지고 다른 한쪽에서는 과거의 냉전적 관행을 완강한 그루터기로 끌어안고 있는 민감하고 다루기 어려운 상황을 넘어설 길은 여전히 멀고 험하기만 한 것인가? 바로 이 대목에서 우리는, 오랜 세월을 두고 축적된 민족적 삶의 원형이요 그것이 의식화된 실체로서 문학과 문화의 효용성을 내세울 수 있다.

남북 간의 진정한 화해 협력, 그리고 민족 통합을 이루는 힘이 누군가의 권력처럼 총구로부터 나올 것인가? 진정한 민족의 통합은 국토의 통합이 아니며, 정치나 경제와 같은 즉자적인 힘이 아니라 문학과 문화의 공통된 저변을 확대하는 일에서부터 시작하는 것이 마땅할 터이다. 그렇기에 '북한문학'인 것이다. 더욱이 북한에 있어서 문학은 인민대중을 교양하는 수단이요 당의 정강 정책을 인민들의 현실 생활에 반영하는 훈련된 통로에 해당한다. 그러한 까닭으로 지금 여기의 북한문학은 단순히 문학으로 그치지 않으며, 남북 관계의 변화와 발전을 유도하고 측정하는 하나의 바로미터로 기능한다.

근거리에 이른 북한문학의 심층적 의미

북한문학의 통시적 변화와 그에 따른 문학사의 정리는, 이미 남북 양측에서 체계적인 연구가 충분히 진척되었다. 이제는 구체적인 작품의 분석을 통해 분단 반세기의 상호 이질적인 삶의 양상이 어떻게 수용되어 있으며, 그것이 갖는 분단사적 의미가 무엇인가를 검토하는, 이른바 각론에 들어가야 할 때이다. 동시에 한 정치체제의 내부에서 한 개인에 대한 숭배 일변도로 움직여 온 문학이, 과연 문학이요 예술로서의 가치를 가질 수 있는가 등의 가치판단을 적용시켜 나가야 할 때이다.

미상불 이러한 문제는 남북 관계에 비추어서는 매우 예각적인 주제이며, 만약 남북 간에 문화적 교류가 진행된다고 해도

그와 같은 미학적 가치의 문제를 직접적으로 내세운다면 기본
적인 합치점을 찾기가 어려울 것이다. 아니 북한의 입장으로서
는 그러한 대화를 시작하는 것조차 불가능할지도 모른다. 왜
냐하면 그들에게 체제에의 순응이라는 외형적 측면도 있지만,
더 심층적으로는 그렇게 일관해 온 '수령형상문학'이라고 하는
것 역시 그 체제 내의 삶이 구체적으로 반영된 실체적 진실이
기 때문이다.

또한 북한문학이라고 해서 남한문학에 대해 비판의 칼날을
세울 지점이 없겠는가? 예컨대 친일 및 항일 문학을 통해 민족
정신의 정체성 문제를 규명하기로 한다면, 우리가 떠받들고 있
는 기껏 몇 사람 수준의 항일저항문학과 절대다수의 친일문학
에 대비하여 북한문학이 가진 항일 저항의 실천성을 내세워 이
를 전가보도傳家寶刀처럼 휘두르는 사태를 목격하게 될지도 모
른다. 요컨대 우리는 북한문학을 우리 문학의 변방에 위치한
부분적 산물이라는 인식으로부터, 그것 자체가 분단의 장막
저편에 서 있는 한민족문학의 다른 반쪽이라는 합리적 시각을
회복하는 것이 중요하다.

생각해 보자. 만약 북한이 차우셰스쿠(공산주의가 붕괴되자 도
주를 시도하다가 총살된 루마니아의 독재자)처럼 무너진다면 우리
가 그 상황을 발전적으로 감당할 수 있을까? 십중팔구 또 다
른 민족사적 혼란이 시발될 것이다. 저들이 덩샤오핑이 그러했

듯 차츰차츰 햇볕 비치는 땅으로 나아오고 중첩된 어려움들이 순차적으로 해결되며 마침내 남북이 함께 새로운 민족사의 광장에서 환호할 수 있도록, 우리에게 저들보다 나은 힘이 있다면 우리는 저들을 부축해 주어야 옳다. 그 부축과 도움의 방식이 고착적 상호주의냐 전략적 상호주의냐 등속의 문제는 별도의 논의를 필요로 하겠지만 말이다.

바로 그 돕고 일으켜 세우는 힘의 중심에, 가장 효율적인 상호 소통의 구조로 문학이 있고 문화가 있는 것이다. 특별하고 세심한 부가적 설명이 없다 할지라도 이 심층적 방정식의 효용성을 이해하지 못한다면, 이 분단 시대의 어떤 민족적 지도자이건 간에 존중받을 만한 자격이 없다. 인류 문화사에는 문화의 힘이 물리적 영향력을 규제한 사례가 이미 지천으로 널려 있다. 우리가 북한문학을 중요한 상수로 받아들이는 것은, 겉보기의 포용력이 아니요 호사가적 취미는 더더욱 아니다. 남북의 문학이 악수하고 함께 정신적 승급의 마당을 마련하는 가운데서 이 질기고도 아픈 민족적 환부와 질곡을 넘어설, 남북이 냉철한 의식의 깊은 바닥에서부터 연합하여 분단의 오랜 덮개를 멀리 날려 버릴, 새 기력이 섭생될 수 있다고 보는 까닭에서이다.

북한문학의 새로운 변화와 전망

해방 이후의 북한문학은 그 문학적 논의의 내부에서 자기 체계와 시기 구분을 설명하는 일정한 시스템을 확립하고 있다. 평화적 민주 건설 시기, 조국해방전쟁 시기, 전후문학 및 천리마문학 시기, 유일 주체사상 시기, 김일성·김정일 통치 시기, 김정일 통치 시기 등으로, 북한문학에서 사용하는 시기의 호명 및 우리가 편의적으로 부가할 수 있는 시기의 호명을 사용하여 구분할 수 있다. 그중에서도 유일 주체사상 시기는, 1967년 조선노동당 제4기 15차 전원대회를 기점으로 주체사상과 주체문학의 논리를 확립하고 수령형상문학을 최우선 과제로 하여 이를 1970년대 말까지 촌보의 양보 없이 지탱한 기간이다.

이 사상적 체계와 그것의 반영은 모든 문학 및 문화 장르에 걸쳐 강력한 지배 이데올로기로 기능했으며, 1980년대 들어 주체문학론에 부수하는 현실주제문학론의 등장 이전까지는 경미한 변화나 반성적 성찰의 기미를 찾아보기 어려웠다. 인민들이 살아가는 삶의 현장에서 그 실상과 관심 사항을 반영하는 현실주제문학론의 새로운 변화는, 우선 교양 수단인 문학으로부터 멀리 떨어진 인민들의 흥미를 유발할 것을 도모하는 일방, 동구 사회주의권의 몰락이나 공산주의의 패퇴에 따른 위기의식을 표현하고 있다. 물론 여기에는 변해야 살 수 있다는 인식과 '우리식 사회주의'의 딜레마가 꼬리표처럼 뒤따라 다닌다.

　1994년 김일성의 사망이 일시적 경직 현상을 초래한 바 있으나, 변화의 흐름을 지속시키는 보이지 않는 힘이 장강의 뒷물결처럼 벌써 부지불식간의 대세로 되어 가고 있음을 부인할 수 없는 터이다. 기실 이것은 남북 간의 어떤 회담이 성공적으로 이루어지고 어떤 교류가 실행되었는가 하는 사실보다 훨씬 더 잠재적인 영향력을 가진다. 정치나 경제 문제는 뒷걸음질을 칠 수 있으나, 문학이나 문화는 그렇지 않다. 그것은 일찍이 노스럽 프라이가 간파했듯이 인간의 삶을 다음에서 다음으로 형성하고 또 해체하는 힘이어서, 어떤 경우에도 있었던 궤적을 무화시킬 수 없다.

　이 소중하고 값비싼 불씨, 남북한문학의 교호와 통합의 전망에 관한 의식을 잘 살려 내고 잘 가꾸어 나가야 할 책임이 이 시대 문학인들의 어깨에 있다. 남북 간의 상호 교차하는 삶을 과거의 가상공간에서 현실 공간으로 전화한 작품들, 림종상의 〈쇠찌르레기〉, 리종렬의 〈산제비〉, 김원일의 〈환멸을 찾아서〉, 이문열의 〈아우와의 만남〉 등을 새로운 감격으로 읽는 자리들을 만들어 보자. 남북한문학사의 시대 구분을 비교하며 공통된 인식의 접점을 찾아보기, 남북 문화 및 문학 연구의 사실관계 확인과 접근 시도, 문화 현상과 외세의 문화제국주의에 대한 공동체적 대응력의 개발 협력…… 이러한 비대치적 과제부터 함께 수행해 나갈 길을 찾아보자.

　그런 연후에 구체적 연구로서 앞서 잠깐 언급한 바 있는 우상적 지배자와 문학성, 친일문학과 항일문학의 주류, 북한문학사의 기술 방식과 변화 양상, 북한문학에 수용된 친일·재남 작가들과 그 사유 등 남북한 통합 문학사의 과제들을 실질적으로 예비할 수 있을 것이다. 여기에 문학인 자신의 수범적 노력은 물론, 정부와 문화 당국이 적극적으로 후원하여, 북한문학의 연구와 수용이 도저한 하나의 물결을 형성해야 마땅하다. 북한문학에 대한 건실한 인지력과 균형 있는 안목, 이에 관한 실천력 있는 장기적 투자를 통해 민족사적 통합의 미래가 발양될 수 있을 때, 우리는 비로소 이를 위해 경각심을 갖고 노력하는 문학을 '국적 있는 문학'이라 이름 할 수 있겠다.

이념의 강압에 대한 북한문학의 반응 양상
—박태원의 〈조국의 깃발〉 발굴에 부쳐

해방 이후 북한문학은, 문학 그 자체의 논리보다 우선하여 철저하게 당의 정강 정책에 의한 방향성을 견지해 왔다. 문학의 순수성이나 미학적 가치는 부차적인 문제로 치부되고, 문학이 사회주의 이념을 끌어안는 도구 격으로 변화했으며 그 기능에 있어서도 인민대중을 교화하는 역할을 충실하게 수행해야 했다.

해방 직후부터 사회주의 원론과 구소련의 혁명적 이념에 충실하던 문학 창작의 기준은, 1960년대 후반 주체사상 및 주체문학의 확립과 더불어 김일성 일가의 가계, 행적, 업적을 추앙하는 '수령형상문학' 일변도를 달려왔다.

1980년대 이후 소위 '사회주의 현실 주제'의 출현과 더불어 인민의 실정 및 관심에 맞게 창작하는 분위기가 형성되었지만,

오늘날에 있어서도 여전히 북한문학의 주력은 '4·15문학창작단' 등이 주도해 온 주체문학의 계통을 이어받고 있다.

남과 북이 동족상잔의 쟁투를 벌였던 6·25 동란 기간에, 남북의 종군문학은 당연히 자기편의 군사적 이익을 위해 상대편을 비난하고 격하하는 일을 서슴지 않았다. 북한문학의 경우, 그 이념의 우선적 가치로 인하여 이는 보다 더 강압적이고 전투적일 수밖에 없었다. 이번에 발굴된 박태원의 종군 작품 또한 그와 같은 의미 범주 안에 있었음을 말할 나위도 없다.

박태원의 〈조국의 깃발〉은, 이 작가가 6·25 동란 중 월북한 지 이태 만에 북한에서 발표한 작품이다. 동란 기간에 박태원은 인민군의 종군기자로 활동하였으며, 그런 만큼 이 작품은 철저하게 북한의 시각에서 전쟁 상대방인 남한과 미국에 대해 적대와 투쟁을 유발하려는 의도로 일관하고 있다.

이 작품은 1952년 4월 《문학예술》에 발표되었고, 이는 그가 월북 후에 쓴 20여 편의 작품 가운데 첫 창작에 해당한다. 내용에 있어서도 전쟁 상대방인 동족에 대해 가장 호전적인 어투를 담고 있다. 이는 그의 말년, 1970년대에서 1980년대에 걸쳐 쓰인 역사장편소설 《갑오농민전쟁》 1, 2, 3부가 비교적 이념적 색채를 걸러 낸 데 비하면 좋은 대조가 된다.

그러므로 이 작품을 원문 그대로 국내에 소개하는 일은 자칫 불필요한 이념 논쟁을 불러올 수 있다는 우려가 없는 바 아니나, 관점을 달리해 보면 오히려 북한문학의 초기 단계가 가진 전도된 방향성 및 가치관의 현실을 적나라하게 드러내는 계기로 삼을 수 있다. 박태원만 한 수준의 작가가 그렇게 쓸 수밖에 없었다는 사실이, 전란에 대한 북한의 책임과 분단의 비극적 상황을 실감나게 인식하도록 하는 하나의 '반면교사'가 될 수 있다는 뜻이다.

익히 알려진 바와 같이, 북한문학에서는 문학사의 시기 구분에 있어 6·25 동란 기간을 두고 '위대한 조국 해방전쟁 시기'란 명칭을 사용한다. 이 시기 북한문학에 부여된 소임은, 시와 소설 작품을 통해 전쟁 중에 있는 인민군대의 사기를 진작하고 전쟁의 명분과 승리의 확신을 인민들에게 공여하는 데 있었다. 월북 작가로서 박태원은 이 원칙에 충실할 수밖에 없었고 그것을 벗어나는 길은 작가 또는 개인의 생명을 내던지는 것이나 다름없었다.

1949년 월북 전에 쓰다가 중단한 작품으로 《갑오농민전쟁》의 모태가 되는 〈군상〉, 월북 후 1965년에 쓴 작품으로 《갑오농민전쟁》의 전편에 해당하는 《계명산천은 밝아 오느냐》를 거쳐, 1974년부터 그가 타계한 1986년에 걸쳐 쓴 《갑오농민전쟁》 1, 2, 3부는 월북 후 그의 대표작이며 그를 북한의 대표적인 역사소설 작가로 자리매김하게 했다. 1975년 고혈압으로 전신불수가 되었을 때, 김일성이 쾌유를 비는 전문과 함께 약을 내려 주기도 했다. 그러나 《갑오농민전쟁》은 그가 구술한 것을 재혼한 아내 권영희의 손을 빌려야 했다.

《갑오농민전쟁》은 대다수의 남한 연구자들이 이데올로기에 경도되고 주체사상에 침윤한 북한문학 가운데서도 역사적 사실 그 자체에 중점을 두고 문학성을 살린 것으로 평가하고, 심지어 남북한 문화통합의 미래에 있어 시금석이 될 만한 작품이라고 받아들였다.

그러나 그것은 그가 〈조국의 깃발〉을 쓴 지 20여 년 후에 시작된 일이었고, 〈조국의 깃발〉을 쓰던 그 당시에는 최소한의 균형 감각이나 분별력도 엿볼 수 없었다. 그렇게 충성을 다했던 작가 자신도 1956년에는 남로당 계열로 몰려 함경도 벽지 학교 교장으로 좌천되고 4년 후에야 작가로 복귀했으니, 광란의 역사 과정을 지나오는 동안 이념과 사상의 물결이 어떻게 한 작가와 그의 문학을 뒤흔들어 놓았는지 짐작할 만하다.

박태원은 우리 문학사에 일정한 위상을 점유한 〈소설가 구보 씨의 일일〉과 《천변풍경》 등의 작품을 통해, 일제하 무기력한 지식인의 일상과 세태 풍속을 탁월하게 서술해 보였다. 그의 문학은 당대 리얼리즘과 모더니즘의 성격적 특성을 구명하고 그 양자 사이의 상거를 재는 중요한 자료가 되었고, 그가 작품에서 보인 '산책자'의 이미지는 근자의 서울 청계천 복원 사업과 더불어 다시 주목을 받을 만한 상황에 있다.

이를테면 이 작가에 대한 관심이 새로이 환기되는 시점에서, 그가 이념의 사슬에 묶여서 쓴 동란 시기의 단편 〈조국의 깃발〉을 다시 읽는다는 것은, 한 작가와 그로 인하여 표상되는 우리 민족사의 비극과 아픈 상처를 다시 돌이켜 보는 일과 다를 바 없다.

그런 연유로 이 작품을 읽을 때에는 문면의 언어적 표현에 구속되지 말고 상황 전체를 포괄적으로 이해하는 시선이 필요하다. 이는 이 작품뿐만 아니라 이미 국내에 전반적으로 개방되어 있는 북한문학 전체에 대해서도 꼭같이 적용되어야 하는 작품 읽기의 방식이다.

북한 대표 소설의
계급적 관점과 탈계급적 관점
―홍석중의 《황진이》가 우리 문학과 같은 점, 또는 다른 점

홍석중의 《황진이》, 그 만만찮은 정체성

홍석중 장편소설 《황진이》는 2002년(북한식 표기로는 주체 91년) 평양 문학예술출판사에서 발행되었다. 지난해 북한에서 소위 베스트셀러로 부각되었고, 북한 서적을 전문으로 취급하는 국내 한 출판사에 의해 원본 도서가 수입되었다. 출판사가 발행하는 계간 《통일문학》(북한에도 계간 《통일문학》이 있다)에 분재 형식으로 소설의 일부가 실렸는데, 통일부의 문예지 내용 심사를 거치지 않은 까닭으로 이 잡지는 배포 중단 요구를 받았다. 추후 그 심사 절차가 진행되어 이 배포 중단 사태는 해소되었지만, 국가원수를 비롯하여 숱한 사람들이 남북을 오가는 이 시대에도 분단 비극의 그림자가 우리 문화의 저변에까지 얼마

나 깊게 드리워져 있는가를 증명한 셈이었다.

　이 소설을 쓴 북한의 중진 작가 홍석중은 익히 알려진 대로 《임꺽정》의 저자인 벽초 홍명희의 손자이며, 북한에서 《리조실록》 편찬을 주도한 국어학자 홍기문의 아들이다. 그 역시 북한 문학의 원로가 되었으며, 1993년 국내에서 그의 장편 《높새바람》이 출간되어 이 방면의 연구자들에게는 이미 익숙한 이름의 작가이다. 홍석중의 이와 같은 이력은 그가 북한문학의 주류 가운데서도 가장 중심에 서 있는 신분의 소유자라는 사실, 그리고 그 조부로부터 이어지는 문학적 재능이 능란한 세태 풍속의 묘사나 유려하고 감각적인 문장에 이르기까지 결코 만만치 않다는 사실을 환기하게 한다.

　국내에서 열람이나 연구가 금지되었던 북한문학에 대한 해금이 이루어진 것은 1988년의 일인데, 그로부터 십수 년이 지나 오늘날에도 남북 간의 제한 없는 문학 교류나 소기의 성과는 아직도 요원한 형편이다. 앞으로 이번의 《황진이》와 같은 주목할 만한 작품을 매개로 남북이 함께 읽고 논의하며 그 논의가 분단의 경계를 넘어 자유롭게 오가는 상황이 조속히 실현되어야 옳다. 그것은 문학의 정신적 역량이 현실이 쌓은 대립의 장벽을 무너뜨리는 선도적 범례가 될 수 있을 것이다.

남북의 《황진이》가 보이는 차별성과 그 이유

그동안 국내에서는 유주현, 최인호, 김탁환 등의 작가에 의해 '황진이'가 소설화되어 왔다. 기실 소설적 인물로는 더없는 제재題材이기도 하다. 사실史實로서의 황진이는 조선 중종 때 진사進士의 서녀로 태어나 어머니에게서 사서삼경을 배웠으며, 15세에 동네 총각이 자신을 연모하다 상사병으로 죽자 기생이 되기를 결심했다. 뛰어난 시·서·가창의 재능과 출중한 미모로 당대 문인·석유碩儒 등을 매혹시킨 명기名妓이다. 그의 시조 문학은 기발한 이미지와 세련된 언어 구사로 조선조 시조문학의 백미로 꼽히며, 〈동짓달 기나긴 밤을〉 등 여섯 수가 《청구영언靑丘永言》에 전한다.

소설적 캐릭터로 등장하는 황진이는 10년 수도의 생불生佛 지족선사知足禪士를 파계시키고, 석학 서경덕徐敬德을 유혹하려다 실패하여 그 제자가 되었으며, 종친 벽계수碧溪守를 비롯한 많은 유림의 사대부들과 독특한 애정관을 축적한다. 특히 유주현의 《황진이》를 보면, 한 인물의 깊은 내면과 외형적 행위가 조화롭게 상응하면서, 역사적 인물의 소설화가 가진 문학적 진수를 개시開示하고 있다. 요컨대 우리 문학의 '황진이'는 역사소설의 근본으로서 사실과 허구의 조합을 바탕으로 한 일반적 범주를 충실히 지키는 편이다.

그러나 홍석중의 《황진이》는 이야기의 구조적 얼개가 이와 매우 다르다. 이 소설의 중심 줄기는 황진이의 상대역으로 '놈이'라는 천민 출신의 남자, 어렸을 때부터 황진이의 주변에 있었으며 나이 들어서 화적이 되고 또 황진이와 참된 사랑을 이루어 가는 새로운 남자를 설정하는 데 있다. 이 놈이의 출현은 지금껏 우리가 소설 '황진이'를 통해서 전혀 볼 수 없었던 인물의 형상화이다. 국내 소설에서 황진이의 상대가 유림 사대부들이거나 아니면 일가를 이룬 선사·명창이었던 데 비하면, 확고한 사회주의적 계급관을 표방하는 경우이다.

그러한 만큼 놈이의 등장은 소설의 이야기를 남북한을 포괄하여 기존의 작품들과는 전혀 다른 방향으로 가져갈 수밖에 없고, 그 이야기의 배경에는 봉건제도에 대한 비판적 시각이나 천예 계급의 주체적 의식, 관료들의 부패와 비열에 대한 구조적 인식 등이 명료하게 개재介在해 있다. 이를테면 놈이와 송도 류수 김희열의 사람됨을 대비해 보면, 전자는 의협한 천민이요 후자는 간교한 탐관이라는 이분법적 잣대를 확고하게 적용하고 있다. 이 소설이 보여 준 여러 가지 신선한 탈이념적 요소에도 불구하고, 이 소설의 전체적 형상은 철저하게 이념적 세계관에 의해 구축되고 있는 터이다.

'현실주제문학론'의 적용과 변화 가능성

이 소설이 국내에 반입되면서 일부 연구자 및 도하 언론들은 진한 성애性愛 묘사와 체제 순응적 표현의 희석 등 부분적 차별성을 두고 무슨 큰 변화가 당장에 일어난 듯이 즉자적인 반응을 보였다. 심지어 "개방을 염두에 둔 정서적 준비 포석"이라든지, "국내의 홍명희문학제에 홍석중이 참석하기를 기대"한다는 등의 과민 증상까지 나타났다. 그러나 이는 1980년대 이래 북한의 '주체문학론'이라는 주류에 병행하여 부수적으로 확대되어 온 '현실주제문학론'의 수준을 넘어서지 않았다. 남북한의 문학 교류나 문화통합의 전망에 대한 열의는 합당한 것이로되, 지나치게 앞서 가는 판단 및 평가는 본래의 목표를 추구하는 데 오히려 걸림돌이 될 수도 있다. 남북 간의 모든 대화와 협의가 그렇거니와, 문학에 있어서도 정확한 사태의 분석과 실천 가능한 논의의 구분이 선행되어야 한다.

그렇다고 해서 이 소설《황진이》가 보인바 현실 주제의 여러 항목이 형성한 유의미한 가치들을 폄하하자는 뜻은 아니다. 지금 우리에게 필요한 올바른 균형 감각 못지않게, 그 부분적이고 동시다발적인 가능성들을 보살피고 가꾸는 작업 또한 우리 문학의 소중한 책무에 해당한다.

《황진이》가 진척시킨 북한문학의 에로티시즘 곧 성애 묘사는, 국내 문학의 그것에 비하면 성애라고 할 것도 없는 편이나 북한문학에서는 하나의 빗장을 여는 수준이라 할 수 있다. 황진이와 놈이의 사랑 이야기를 계급적 관점이라는 틀거리 안에서 구성하였으되, 그 두 사람이 사랑을 이루어 가는 과정 자체는 슬프고 아픈 진실성을 그대로 담았다. 과거처럼 계급적 관점을 내용에까지 적용하였더라면, 놈이를 죽이지 않고 기층 계급의 승리로 이야기를 분칠할 수도 있었을 것이다. 또한 주변 인물들의 살아 있는 성격묘사, 당대의 세시풍속에 대한 밀도 있는 서술, 그리고 황진이의 정혼자였던 윤 씨를 등장시키고 그에게 보내는 소설적 담론을 도입하는 진전된 표현 기교 등 새롭게 평가할 대목이 적지 않다.

다만 중요한 것은 이러한 소설적 변모의 양상이 1980년대 이래 북한문학이 부분적으로 변해 온 구체적 양상의 연장선상에 있는 것이며, 갑자기 돌출된 새로운 현상이거나 단번에 북한문학의 미래를 바꿀 수 있는 예표가 아니라는 사실이다. 우리가 진정으로 올곧은 현실 인식 위에서 북한문학을 우리 문학과 연계하는 방안을 모색하고 그것이 남북한 문화통합의 시금석이 되기를 소망한다면, 남북 관계와 남북한문학의 전반적인 흐름을 투시하는 안목으로 실체화된 문학적 가치들을 수거하고 통합하며 그 미래를 발양하려는 노력이 수반되어야 할 것이다.

글로벌 시대,
한민족 문화권에 대한 새로운 인식
─한국문학의 정체성과 방향성, 그 과제에 대하여

    오늘날 우리는 모든 것이 눈부시도록 급속하게 변화하는 새
로운 세기의 모습을 목도하고 있다. 분명 그 변화와 속도감
을 창안한 중심 세력이 있을 터이나, 대다수의 우리는 그저 그
것을 바라보며 그로부터 파생되는 생각의 끝자락이나 매만지
고 있을 만큼 무기력할 뿐이다. 실제적인 삶에 있어서도 우리
는 이미 오래전에 세계를 일일생활권으로 하는 국제화 시대에
들어섰다. 이와 같은 때에 한 국가의 고유한 언어나 문학이 과
거와 같은 독립적 영역을 지키는 일이 과연 가능할 것인가? 한
민족 언어 내부의 고유한 미덕, 독창적 면모, 자발적 감응력 등
속이 이 발 빠른 변화에 밀려 훼파되기 쉽지 않겠는가?

    그런데 한국문학의 영역 문제와 관련하여 이처럼 글로벌 시

대로 변화하는 측면이 긍정적 추동력을 유발한 대목이 있다. 문화 또는 문학적 영역의 불필요한 경계를 소거하고, 유연하고 포괄적인 의미의 연대를 생산하며, 그 영역의 차별성이 오히려 상생의 기력으로 작용하는 그런 경우 말이다. 이른바 '재외한국문학'이란 문화 집단의 개념이 그것이다. 이는 우리의 대응 방략에 따라서 민족언어의 영역 확장, 그리고 만만찮은 실과의 추수를 기대할 수 있는 텃밭의 확장에 이를 수도 있다. 그것은 또한, 그동안 한국문학이 이 분야에 대한 적극적인 포용의 노력을 결여하고 있었다는 반성적 성찰과도 그 의미가 소통된다.

재외한국문학에 관해서는 먼저 그 개념부터 살펴볼 필요가 있다. 첫째, '재외在外'라는 어휘가 표방하는 바와 같이, 문학의 창작이 이루어지는 강역彊域에 대한 규정이 요구된다. 외교통상부에서 발간하는 《외교백서》의 통계에 따르면 현재 재외 한국인의 숫자는 대략 530만 명에 이른다. 그중 일본·중국 등 아주 지역에 270만, 미국·캐나다 등 북미 지역에 180만, 브라질 등 중남미 지역에 10만, 독일 등 유럽 지역에 2만 5천 등의 분포를 보이고 있다.

이들은 모두 화려한 외형이나 순탄한 길을 따라 이주한 사례가 거의 없다. 격동의 근현대사를 거치면서, 아르투르 랭보의 표현처럼 '저마다의 상처'를 안고 모국을 떠났던 것이다. 재

외한국문학이란 결국 이들이 자리 잡고 있는 그 삶의 터전에
서 솟아오른 문학적 산출이다. 재일 동포, 중국 조선족, 러시아
의 고려인, 미주 지역의 문인들은 그 작품에 있어서 그래도 어
느 정도의 질적 수준과 양적 부피를 확보하고 있으므로 그들
의 문학 자체가 일정한 논의를 형성할 수 있는 형편이다.

둘째, 문학의 창작자가 누구냐 하는, 창작 주체의 문제이다.
재외한국문학이란 나라 밖에 있는 한국인, 곧 재외 동포가 쓴
문학을 말한다. 이때의 한국인이란 정치적 또는 법적인 지위를
말하지 않는다. 재외의 어느 문인이 살아가는 형편에 따라 살
고 있는 그 나라의 국적을 취득하고 모국의 국적을 버렸을지
라도, 문화적 의식적 차원에 있어서 한국인이기를 포기하지 않
았다면 그가 쓴 문학을 재외한국문학이라 부르지 못할 바 없
다. 이는 범박하게 말하여 세계 각처의 한민족 문화권을 창작
주체를 중심으로 하나로 묶는 발상과 관련된다.

셋째, 한국문학이라 이름 할 수 있도록 하자면 그 창작에 소
용된 언어가 무엇이냐, 모국어로 창작된 작품에 국한할 것이
냐, 아니면 모국어가 아니더라도 한국문학의 일반적인 주제와
정서 및 분위기 등을 끌어안고 있는 작품을 포함시킬 것이냐
하는 문제이다. 이 문제는 보는 시각에 따라 서로 상반되는 견
해가 제기될 수밖에 없다. 예컨대 김은국의 《순교자》나 김석범
의 《화산도》를 한국문학에 편입시킬 것이냐, 아니면 미국문학

이나 일본문학으로서 한국을 소재로 한 작품으로 볼 것이냐 하는 논란이 된다. 언어의 국적에 무게중심을 두는 사람은 영어 또는 일본어로 쓰인 작품을 한국문학의 울타리 안으로 끌어들이기를 주저할 것이다. 그러나 그 작품이 무엇을 중심 주제로 하느냐에 주목하는 사람은 그 태도가 이와 다를 것이다. 그는 이렇게 반문할 수도 있다. "그렇다면 《순교자》나 《화산도》가 우리말로 번역된 것은 한국문학이 된다고 할 것이냐?"

우리가 한국문학의 영역 개념을 지나치게 경직시키는 것이 그다지 바람직한 태도가 아니라는 조금 부드러운 인식 방식에 동의한다면, 비록 창작의 강역이나 창작 주체, 사용된 언어 등에 결손 부분이 있다 하더라도 재외한국문학을 우리 문학의 한 특수한 영역으로 받아들이고 인정하는 데 우리가 너무 인색할 필요는 없을 것이다. 오히려 그것을 적극적으로 확대 수용하고 과감하게 영역을 확장함으로써, 전 세계적인 한민족 문화권을 형성할 수는 없을까 생각해 보는 것이 바람직하지 않을까? 우리는 이 모든 영역의 재외한국문학을 한민족 문화권이라는 이름으로 통칭할 수 있을 것이며, 그 전반에 대한 이해와 포용을 통하여 민족언어의 터전을 넓히는 한편 이 지구촌 시대, 국제화 시대에 대응하는 한국문학의 역량을 강화할 수 있을 것이다.

그런데, 여기에 한 가지 더 덧붙여 언급해야 할 중차대한 문제가 있다. 이 한민족 문화권의 논리와 그 의미망 가운데로, 해방 이래 한국문학과 궤軌를 달리해 올 수밖에 없었던 북한문학을 초치하는 일이다. 실제적이고 물리적인 남북 관계에 있어서도 그러하거니와 더욱이 문학에 있어서, 북한문학에 남북한 대결 구도의 인식으로 접근해서는 남북한문학의 접점을 마련하거나 남북한 문화통합의 전망을 마련하거나 하는 일이 거의 불가능하다는 사실이다. 우리는 지금까지 수도 없이 많은 구체적 경험을 통해 이를 보아 왔다. 그렇다면 어떤 방안이 있느냐는 반문이 당장 뒤따를 것이다. 그에 대한 대답으로 지금껏 우리가 논의한 한민족 문화권의 개념을 제시할 수 있을 터이다.

이는 남북한문학을 포함하여 재일조선인문학, 연변조선족문학, 재러시아고려인문학 등 재외한국문학의 전체적인 구도 속에서 남북한문학의 지위를 자리매김해 나가는 한편 극동과 제3세계로 확산되는 동아시아론의 범박한 논리를 차입하여 남북 상호 간의 대결 구도를 희석시키자는 논리이다. 그리하여 남북한 양자의 문학이 무리 없이 만나 악수하고 그것의 대외적 확산을 도모하며 통일 이후의 시대에 개화開化할 새로운 민족문학의 장래를 예비하는, 다목적적 기능에 유의하고 이를 실천해 볼 수 있었으면 하는 것이다.

한민족 문화권이라는 부피가 큰 이름 또는 개념과 관련된 이 절실한 요청은, 오늘날과 같이 인간의 의식이 다원화되고 파편화 되며 민족문화의 진로와 그 성취의 목표가 불투명해진 시대에 있어, 우리가 문학의 이름으로 내거는 하나의 작은 등불이라 할 것이다. 문학이 궁극적으로 인간의 삶을 아름답고 풍요하고 보람 있게 해야 한다는, 그 소박하면서도 귀한 소망을 위해서 말이다.

한·중·일 3국의 문학 교류와 그 전망

지난 8월 8일 중국에서, 한국문학평론가협회와 일본 천년기 문학회가 중심이 된 한·중·일 3국 국제 학술 세미나가 개최되었다. 필자는 주제 발표자로서 한국의 원로 문학평론가 김윤식, 홍기삼 교수 등 몇 분을 모시고 참석했다. 세미나는 연길시에서 있었고 주제는 '한·중·일 3국 문학의 만주 체험'이었다.

이 자리에서 그 세미나의 자세한 내막을 기술할 필요는 없겠거니와, 굳이 이처럼 그 얘기를 서두에 가져다 두는 것은 새로운 세기의 새벽을 맞고 있는 마당에 각국의 문학을 관찰하는 시야도 보다 국제적인 확장이 필요하리라는 생각 때문이다.

일찍이 홍기삼 교수가 재외한국문학 전반을 포괄하여 '한민족 문화권'이란 개념을 제기한 바 있었지만, 이제 한국문학 또한 더 이상 협소하고 답답한 국지주의의 울타리 안에 안주하고 있을 것이 아니라 보다 큰 걸음으로 세기의 변동에 따른 세계사적 행보를 시도해 보아야 하지 않을까 싶다.

그런데 그와 같은 언술이 자칫 허황된 구두선에 그치지 않도록 우리로서는 구체적 세부의 실상을 든든히 하는 일이 요망될 터이며, 그것은 문학을 창작하고 논의하는 과정에 두루 적용되어야 옳다 하겠다.

문학의 경계를 유암柳暗하고 화명花明하게 펼치며 확산시켜 나가는 일이 자칫 물량적 팽창주의나 단순한 창작 배경의 국외 이동에 머물지 않고, 참으로 급속하면서도 복잡다단한 국제화 사회, 정보화 사회의 의식 체계를 제어하며 수용할 수 있도록 문학적 자각을 북돋울 때에 이르렀다고 본다.

필자는 이 국제 학술 세미나에서, 김윤식 교수와 함께 '일제강점기 한국문학의 만주 체험'이라는 제목으로 한국 측 주제 발표를 했다. 일제강점기의 구舊만주는, 한·중·일 세 나라에 있어서 역사적 비극과 아픔을 공유하는 공간이다. 그런데 오늘날에 와서 새삼 이 대목이 문제가 되는 이유는, 새로운 세기에 동북아 문명의 주역이라 할 세 나라의 진정한 화해 및 협력이 과거의 아픔을 묻어 둔 현장에서 출발하는 것이 온당하겠기 때문이다. 과거의 역사에서 교훈을 얻지 못한다면 새로운 시대의 소망도 없을 터이다.

근년에 활발히 논의되고 있는 동아시아 담론, 곧 한국의 모방론, 중국의 특수론, 일본의 내화론 등을 포함하여 소위 '아시

아적 가치'는 이 동아시아 지역 국가들의 문화적 성격과 깊이
관련되어 있다. 한·중·일 세 나라는 한문 문화권 내지 유교
문화권의 공유자이며, 역사적 시대적으로 상호 간의 영향 관계
를 충실히 고려하지 않으면 각 나라의 문화를 제대로 설명할
수 없을 정도로 긴밀한 상관성을 갖고 있는 형편이다.

구만주는 일제강점기에 세 나라의 국민들이 같은 공간에서
생활하면서, 복합적인 이해관계를 생산하던 지역이다. 재만한
국문학은 바로 그 역사 체험의 실체 가운데 하나이다. 이 만주
체험을 원형으로 한 세 나라 문학의 퇴적층을 세 나라에서 함
께 탐사하며 그 접점을 검색하고 비교하는 일은, 오늘날 일정
한 전망과 한계를 동시에 안은 채 발화되고 있는 동아시아 담
론의 뿌리를 캐는 작업이 된다. 동시에 이는 이 국제화 시대, 정
보화 시대에 있어서 한·중·일 3국 문학 연구가 나아갈 길의
방향성에 하나의 시금석으로 기능할 것이다.

이번 학술 세미나에 참석하여 유익한 연구 성과를 함께 나
누고 또 동북 지방과 백두산을 함께 여행할 수 있었던 일본의
선배 문인과 친구들에게, 깊은 기쁨과 감사의 말씀을 전하고
싶다. 우리가 협력하여 해야 할 일이 너무도 많으므로, 우리는
오래 쉴 수 없으며 오래 헤어져 있을 수 없다. '선한 인연에 선
한 열매(善緣善果)'라는 격언이 우리의 공동 문학 연구에도 적용
될 수 있기를 바란다.

<h1 style="text-align:center">우리 문학의 대중성과 경박성</h1>
-그 발생론적 성격과 양상을 중심으로

대중문학의 부정적 판도 형성

일찍이 존 듀이는 《경험으로서의 예술》에서, "야만인이 야만인이며 문명인이 문명인인 것은, 그의 태생에서 오는 것이 아니라 그가 참여하고 있는 문화에 의한 것이다. 이 문화의 성격에 있어 그 궁극적 척도가 되는 것은, 그곳에 번영하는 예술이다."라고 적었다. 인간이 누리는 삶의 질적 수준에 근거가 되는 문화와 이를 평가하고 판단하게 하는 예술의 존재 양식을 명쾌하게 정의하고 있는 대목이다.

그런가 하면 도정일은 〈문화는 무엇을 할 수 있는가〉라는 어느 강연에서, "문화는 인간이 자연을 길들이는 방식이면서 동시에 인간이 인간을 길들이는 방식, 인간이 죽음을 길들이는 방식의 총체이다."라고 말했다. 이는 곧 인간을 중심으로 인간이 관계 맺는 모든 방식이 문화라는 이름으로 정의될 수 있음을 주장한 것이다. 모든 삶의 관계성에 작용하는 문화, 모든 삶의 구조에 밑바탕을 이루는 문화는, 그러므로 하나의 부분적 모습이 곧바로 전체적 형상을 제유법적으로 설명할 수 있도록 하는 기능을 발양한다.

20세기 산업사회와 상업중심주의의 등장 이래, 문화의 일반론적 개념은 많은 변모를 거듭했다. 그 이전의 시대에 대체로 고급한 지위와 신분을 가진 계층의 전유물처럼 보이던 문화는 점차적으로 경제적 부요를 확보하기 시작한 평민계급의 일상에 중요한 비중을 띠고 등장하기 시작했고, 이들이 '문화 대중'의 기능을 담보하면서 대중문화의 광범위한 향유와 그것을 뒷받침하는 문화의 대량생산이 가능해졌다. 물론 이러한 개념의 변화와 이동에 중심축을 이루었던 문학의 경우가 대표적인 사례가 될 수 있다.

그런데 이러한 문화 또는 문학의 변형태와 그에 대한 세태의 반응 양상이, 그저 응당한 시대의 변화로 당연하게 받아들여지는 것은 아니다. 기존의 관습적 질서와 습관은 여기에 본능적인 저항의 행태를 보일 수밖에 없고, 때로는 아주 심각하고 격렬한 반작용을 불러오기도 한다. 대중적 문화나 문학의 확산에 따른 가치관의 변화는, 자칫 과거의 전통적 창작 및 수용의 방식에 익숙해 있는 이들에게는 전반적인 사회의 타락을 암시하는 징조로 받아들여진다.

　어느 시대에나 그 시대의 중심을 이루는 세대가 체험하지 못했던 문화적 조류는 난감하고 당혹스럽기 그지없을 것이다. 이를테면 대중문학의 등을 타고 넘어서 새롭게 영역을 넓혀 가는 상업주의문학의 움직임을 목도하면서, 문학의 상업적 가치화라는 사태가 너무도 생소한 순수문학 또는 그 생산자로서의 기성세대 문인들은 난감함과 당혹감을 맛볼 수밖에 없을 것이다. 이와 같은 언술은 또한 그러한 놀라움이 이미 새삼스러운 것이 아니며, 그다음 단계에 얼마나 더 격심한 문화충격이 올지 알 수 없다는 우울한 예단과도 소통된다.

　한국문학에 있어 1970년대 초반, 본격적인 산업화 시대의 출범과 함께 문학이 금전적으로 치환되는 현상의 확산을 근접한 거리에서 지켜보았던 순수문학론자들은, 모두 정도의 차이는 있을지언정 일정한 문화충격을 감당해야 했다. 그 무렵만 해도 대중문화나 대중문학이라는 말을 논리가 아닌 체감으로 받아들이기가 익숙지 않은 때였다. 이들 개념의 주체가 되는 '대중'이나 서술부를 이루는 '대중사회' 같은 용어들이 동시대 현실의 실상과 연계된 논의를 진척시키지 않고 있었으므로 그 생경함이 더할 수밖에 없었다.

　대중의 개념이 학술적으로 정의될 때에는, 후기산업사회에 있어서 사회 성격의 대중화에 따른 사회학적 차원, 매스커뮤니

케이션의 대중적 수용에 따른 수용 주체로서의 차원, 그리고 공중·군중·난중 등과 구별되는 사회집단으로서의 차원과 같은 여러 단계별 구분이 있다. 그러나 문학이 이를 대상으로 한 논의를 전개할 때에는 산업사회의 전체 시민, 다시 말해서 익명성의 다수자들을 그 전방에 두어야 하며, 그것이 구체적 실상을 얻기 위해서는 대중사회나 대중문화와 같은 배경의 장치가 충분히 탐색되고 검토되어야 마땅할 것이다.

대중사회는 요약하여 말하자면 대중을 기반으로 해서 성립된 사회이다. 20세기 이후 대량생산이 극대화되어 공급이 수요를 촉진하는 경제구조의 형성, 시공간적 한계를 넘어선 매스커뮤니케이션의 눈부신 발달, 사회조직의 기계적 제도화 등이 일찍이 30여 년 전에 마르쿠제가 내다보았던 것처럼 물질과 기술 위주의 몰개성적이요 비인간적인 소모성의 사회를 만들어 왔다면, 이는 곧 대중사회의 부정적 측면들이다. 대중문화는 때로는 이 부정적 요소들을 자양분으로 하여 대중과 대중사회의 다양한 욕구, 사고 형태, 생활상을 반영하면서 한편으로는 그 반영의 대상을 증폭하고 촉진시키는 자가발전의 힘을 발휘해 왔다.

대중문학은 지금까지 기술한 밑그림들 위에서 대중이 주체가 되며 대중에게 널리 읽히기를 원하는 문학, 예술적 완성도보다는 그것의 열매를 광범위하게 산포하기를 원하는 문학이며, 그런 만큼 예술성 자체나 사회적 가치관에서 절대적으로 추앙되는 윤리성·도덕의식 등의 준수에는 필연적으로 적대적인 공격의 여지를 남겨 두게 마련이다.

만약 그러한 공격이 가해진다면 그에 동반하는 주요 항목은 아무래도 대중문학의 저급성 문제일 것이다. 역사적 총체성과 균형 있는 형상력을 문학적 가치의 전제 조건으로 내세우는 죄르지 루카치, 그리고 그의 이론적 계보를 이어 가는 리얼리즘 이론가들이 공격의 칼을 든다면 가장 먼저 자상을 입을 곳이 이 대목이기도 하다. 역사철학적 계기를 짚어 줄 총체적 전망의 문제를 끄집어내기도 전에, 대중문학은 집중적인 몰매로 인하여 빈사 상태에 이르게 되고 말지도 모른다. 여러 걸음 양보하여 수용성에 중점을 둔 문학사적 시각으로, 문학사는 걸작들을 징검다리로 하여 형성된다고 한 아나톨 프랑스의 논리에 견주어서도 대중문학의 대중적 친화력을 가능하게 하는 그 저급성은 안전지대에 있지 못하다.

이러한 폄하의 시각 뒤에는 '독자들은 언제나 일정한 수준 이하이다.'라고 생각하는 창작심리학적 엘리트주의와 '대중에게 인기 있는 문학작품은 대개 문학사적 의의와 가치를 갖지 않는다.'라고 주장하는 고급문화의 고립주의가 숨어 있다. 더 나아가서 대중문학은 고급 문화 및 문학의 타락된 형태이며 대중의 오락적 성향, 도피주의, 대리만족 욕구, 소영웅주의, 감각적 취향, 관능적 흥미 등에 편승하여 가벼우면서도 쉽고 재미있게 읽히지만 궁극적으로는 무가치할 뿐만 아니라 대중의 정신을 불모의 땅으로 만든다는 비판에까지 이르게 된다.

아울러 문학이 산술적 대가와 더불어 수용자에게 전달되는, 이른바 문화 상품으로서의 가치에 있어서도, 문화를 계발하고 발전시키는 데 기여하지 못하고 경제적·상업적 전략에 입각한 기획 물품으로 전락하고 마는 실례가 허다해서, 이는 결국 상업주의문학을 단죄하고 타매하는 준거가 되고 있다. 예컨대 문학성의 신장이 없이 글의 길이와 책의 분량만 엿가락처럼 늘인다든지, 작가와 출판사가 손잡고 대중적 상품의 생산을 공모한다는지 하는 것들이 그에 대한 범례들이다.

지금까지 살펴본 것들은 대체로 오늘날 우리 문학의 실상에 비추어 본 대중문화와 대중문학의 부정적 면모에 관한 논리들이다. 이론적으로 이와 같은 견고한 논리의 성채를 무너뜨릴 도구는 그렇게 손쉽게 발견되지 않는다. 그런데 그 견고한 성벽을 무너뜨리는 것이 과거 전통의 영예를 합목적적으로 지향하는 윤리성이나 유심론적 토대 위에서 완전주의의 띠를 두른 도덕성 따위가 아니라면 문제는 달라진다. 작고 순발력 있고 유연하며 은밀한 가운데 세력을 확장해 가는 열린 정신의 도구로서, 전통적 질서와 형식적 완결성보다는 실제적인 상황의 효용성 및 유동적인 내용의 구체성을 더 존중하는, '아직 검증

되지 않은' 그리고 '상식을 무너뜨리는' 새로운 인식의 유형들이 그 자리를 대체하기 시작한다면 이는 아주 다른 문제가 되는 것이다.

더욱이 그러한 현실의 변화가 하나의 현상으로 그치지 아니하고, 시대의 변화와 더불어 지속적인 자기 증식을 계속해 나간다면, 궁극에 있어서는 이를 대항하기 어려울뿐더러 그것이 시대사의 흐름을 역행한다는 비난을 설득력 있게 내놓기도 쉽지 않을지 모른다. 다른 말로 하자면, 이는 공급자로서의 문학 창작자보다는 수요자로서의 문학 독자들의 반응이 기존의 문학 생산 논리를 뒤엎는다는 뜻이 된다. 그런데 이것이 20세기 이래 한국문학뿐만 아니라 전반적인 인류 문화사의 일반적인 추세가 되어 온 형편이고 보면, 우리도 여기서 어쩔 수 없이 대중문화의 수용성에 대한 긍정적 논리를 주의 깊게 살펴보지 않을 수 없다.

문화 상품으로서의 논리와 자기 증식

대중문화가 그 나름의 존재 의의를 별도로 갖는 취향 문화 taste culture의 일종(데이비드 화이트)이라든지, 대중문화의 발전이 문화적 민주주의를 신장(대니얼 벨)한다든지, 대중문화는 오락적 기능과 현실도피적 성향만을 가진 것이 아니라 예술의 활용과 충족 및 보상의 기능도 포함(허버트 갠스)한다든지 하는 레토릭들은, 대중문화의 성립 기반을 우호적으로 바라보는 관점에 해당된다. 동시에 이는 우리가 앞의 항에서 집중적으로 검토한 대중문화의 폐해에 대한 반론의 성격을 갖게 된다.

일찍이 장폴 사르트르가 매우 단정적으로 표현한 바와 같이, "쓴다는 것은 독자에 대한 호소"임을 부인할 수는 없다. 독자의 과다만을 기준으로 삼는다면 모든 고전, 모든 명작은 대중문학이라는 억지도 있음 직하다. 문학작품과 독자를 연결하는 매개항은 아마도 읽기의 재미일 것이다. 그렇기에 실러는 괴테에게 고백하기를, "소설은 재미있기 때문에 읽는다."라고 했을 것이다. 이 읽기의 재미야말로 대중문학이 내세우는 가장 날 선 전가보도일 터이다.

대중문학을 변호하는 또 다른 논리는 현상학적 실상에 관한 것이다. 대중문학의 저급성을 인정하면서도 그것이 당대 사회의 문화 양식을 지배하고 한 시대의 정신적 흐름을 인도하는 현실을 무시할 수 있겠느냐는 반론이다. 아울러 한 시대의 부정적 평가가 세대의 교체와 더불어 수정되어 온 전례가 제시될 수도 있다. 예컨대 우리 고전문학의 《춘향전》이나 《흥부전》이 발생 시점에서는 천박한 문화 형태로 구박받으면서도 대중적 확산을 계속했고, 시대정신zeitgeist의 변화에 따라 오늘날에는 부동의 고전으로 자리를 굳힌 그 역사적 본보기를 여기에 적용할 수 있다는 말이다.

대중문화의 괴기스러운 위력은, 이렇듯 자신에게 가해지는 비판을 다른 항목의 논리로 대항하게 하는 자생력에 있다. 그 기민하고 속도감 있는 유력한 무장이야말로, 극단적 이익 추구의 촉수들이 첨예하게 맞부딪치는 자본주의, 황금만능주의의 시장 바닥에서 대중문학을 문화산업으로 변용하게 하고 문화 상품으로서의 값어치를 확보하게 하는 동력이 된다 할 것이다.

문화산업으로서의 대중문학을 독자와 연계하는 다리, 그 소통의 구조를 성립시키는 것이 출판 시장이다. 이는 여러 유형의 예술가·창작자를 일반 대중과 만나게 하는 화해로운 장소이며, 그것이 문화산업의 외장을 둘러쓴 경우라면 출판 자본의 집중이나 베스트셀러를 염두에 둔 의도적 기획, 또 특정 독자층을 겨냥한 보급판의 성행과 같은 문학의 상품화 과정에 없어서는 안 될 중간 거점을 이루게 된다. 순수문학이 이 시끌벅적하고 배반杯盤이 낭자한 저잣거리를 기웃거리며 멈칫멈칫 에돌 때에, 대중문학은 민첩하고 날렵한 동작으로 이미 그 주빈의 자리에 들어앉았다.

그렇기에 이제 문학의 상업주의적 경향을 전제 조건 없이 나쁘다고만 말할 수 없는 시대적 상황에 이르렀으며, 때로는 문학의 상업주의적 경도를 나무라고만 있을 일이 아니라 '상업주의적 상품으로서의 문학'을 통해 예술성을 추구하는 형국을 긍정적으로 받아들여야 할지도 모른다. 물론 그러할 경우의 문학이 그 내부의 진정성이나 예술로서의 품격과 가치 그리고 문학의 본령에 의거한 인간성 및 인간중심주의의 문제를 어떻게 할 것인가라는 숙제가 남아 있게 된다.

그러한 까닭으로, 오늘날의 우리는 일찍이 인류 예술사상 유례가 없는 발 빠르고 변화무쌍한 동시대 예술의 자기 변신과 그 파장의 분분한 편린들을 눈앞에 바라보면서, 이 시대에 있어 예술의 참다운 의의와 가치가 무엇인지 고뇌할 수밖에 없는 것이다. 이와 관련하여 마르크스주의 문예비평가 프레드릭 제임슨은, 이러한 시대적 풍조가 포스트모더니즘의 문예사조와 그 맥이 상통한다고 보고,《포스트모더니즘과 소비사회》에서 고급문화·순수문학과 대중문화·통속문학 사이에 설정되어 있던 경계선이 더 이상 지탱되기 어려워졌다고 지적했다.

그러나 제임슨의 경우에는 그래도 이 경계선의 와해를 비판적으로 검색하는 태도를 취하고 있지만, 제임슨과는 달리 대중문화의 확산을 적극적으로 선도하려고 했던 레슬리 피들러의 경우에는, 그 경계의 사라짐에 대한 현상학적 인식은 제임슨과 동일하나 그것을 바라보는 시각은 사뭇 방향이 달랐다. 피들러는 〈경계를 넘어서, 간격을 좁혀서〉라는 글에서, 소수 엘리트주의 비평가들이 고급문화와 대중문화의 구분을 고집하고 있을 뿐, 심지어는 고급 예술과 하위 예술도 별개로 존재하는 것이 아니라는 생각을 보여 주었다.

하지만 반모더니즘적 측면에서 문학의 상품화를 부추겼던 그는, 앞의 글 이후 10년이 지난 1982년의 글 〈레슬리 피들러는 누구였는가?〉에서는, 대중문화의 필연성에 대해 예전과 동일한 어조를 유지하면서도 작품을 직접적으로 상품화한 사람들에 대해서는 대단히 과격한 비판을 서슴지 않았다. 이 글에서 피들러의 개탄이나 부끄러움은 예술 또는 문학의 영역에 관한 인식을 넘어 문화산업의 이윤 추구로 벌거벗고 나서게 된 사람들이나 배포자들을 올바르게 언급하지 못했다는 자책에 해당한다. 이러한 양방향의 논의들 가운데, 누구에게 잘못이 있건 없건 간에 현대 대중사회의 독자들은 더 이상 고급한 문화 및 문학에 대해 과거와 같은 존중의 개념이나 지속적인 관심을 기울이지 않고 있으며, 그것은 피들러가 개탄한바 1차 생산자인 작가나 문화산업의 기능을 담당하는 출판 자본의 태도 변화 등과 밀접한 관련이 있다.

책의 출간과 유통에 있어 당연시가 납득되던 상업주의적 태도는 창작의 작업실에도 통용되며, 순수문학의 시각으로 볼 때 저속한 세상의 바닥으로부터 발돋움한 통속문학이 중간자적인 위치를 자처하면서 예술성의 윤색을 도모하려 하는 시대 가운데 우리는 서 있다. 그런가 하면 이 시대의 순수문학, 특히 구체적 담론 체계를 통해 서술되는 소설은 그 '세상의 바닥'을 선도하면서 문자 매체를 압도하는 영상 매체의 위력을 실감하고 있으며, 그런 만큼 독자들 또한 일찍이 마셜 매클루언이 '쿨 미디어'라고 명명한 바로 그 '바보상자' 앞에서 균형 잡힌 판단력을 방기해 버리고 있는 것이다.

참으로 문제적인 사실은, 세태의 흐름에 중화되어 이 일의 위험성을 거의 느끼지 못한다는 점이다. 보다 젊은 기계 세대에 있어 영상 매체의 확장이 주체적·능동적 활동을 배제시킨다는 주장은, '문학의 위기'를 넘어서 '문학의 죽음'이라는 수사적 표현에까지 잇대어져 있다. 이에 대한 처방으로 일부에서 제시된 능동적 참여 및 문화 공간의 확대·심화나 어떤 경우에도 양도할 수 없는 문학 고유의 특성에 기댄 부활의 논리는, 애써 설명될 수 있으나 흔쾌히 수긍되기는 어렵다. 요컨대 그와 같은 속성의 시대 또는 사회적 문맥 아래 우리가 살고 있다는 말이다.

경박성 극복의 방안과 전망

우리가 이제껏 공들여 점검해 본 바와 마찬가지로 대중문학은 그 내부에 부정과 긍정의 논리를 함께 끌어안고 있으며 그러한 대중문학 논의의 대척적인 자리에는 항상 순수문학이라는 고상한 품격의 적수가 자리하고 있다. 서구의 경우에는 대중문학과 순수문학의 구분이 실제 문학의 현실에서는 별반 차이가 없어서, 알렉상드르 뒤마나 프랑수아즈 사강의 작품이 작품 자체의 완성도로서 평가받았다.

그러나 우리의 경우는 이와 매우 다르다. 아무리 많은 독자를 가졌다 할지라도, 좀 멀리로는 방인근이, 더 가까이로는 이병주가 각기 걸출한 작가임에도 그 생전에 본격적인 평단의 주목을 유발하지 못했던 것이다. 이 순수문학 지향의 결백성은, 특히 대중문학의 상업적 경도를 도무지 견딜 수 없는 것으로 평가절하 해야 예의 그 '고상한' 자태를 잃지 않는 것으로 여기게 하는 동인動因이다.

우리나라에서 대중문화를 제대로 연구한 몇 안되는 이론가 중의 한 사람인 강현두가 그의 저서 《한국의 대중문화》에서, "상업주의와 대중문학은 분간되어야 한다. 시장 또한 대중사회의 중요한 현장 가운데 하나이지만, 목적이 문학을 통한 문화 창조에 있지 않고 화폐의 획득에만 있다면 상업주의 운운의 비난 이전에 작가라는 이름을 스스로 내놓아야 할 것이다."라고 신랄하게 적고 있는 것은, 대중문학과 상업주의문학의 차별성이 전제되고서야 대중문학의 존립 기반이 다져질 수 있다는 인식을 나타내고 있다.

비록 논리적 규범으로서가 아니라 현상학적 실상으로서 그

세력을 확장했으며 부정적인 가치평가의 대상이 되고 있다 할
지라도, 상업주의문학이 대중문학의 한 분파로서 무시할 수 없
는 부피를 이루고 있는 것이 현실이다. 우리는 이를 부정적으
로 정죄할 수 있으되 그 실체의 저력과 부피를 외면할 수는 없
다. 이를테면 이는 '미운 오리 새끼'이면서 동시에 '뜨거운 감
자'이다.

　문제는 그것이 아무리 뜨겁다 할지라도 금전적 이익이 된다
면 가차 없이 삼키려는 황금광들, 미운 오리가 나중에는 창공
을 나는 백조가 될 것이라는 결과제일주의자들에게 있다. 그들
은 자신의 얼굴을 대중문학의 긍정적 측면이라는 유약으로 덧
칠하려 한다. 그 강작強作된, 그러나 현대적이고 도회적으로 세
련된 화장술을 간파하기에 현대 대중소비사회의 독자들은 너
무 유약한지도 모른다.

　우리 문학에 문학이 의미 그대로의 대중을 독자로 확보하기
시작한 것은 산업화 시대가 본격적인 궤도에 들어선 1970년
대 후반 이후일 것이다. 이는 1960년대에 대중적 잡지, 상업성
의 라디오, 텔레비전 중앙사들이 등장하고 이를 통해서 성장하
기 시작한 문화 욕구들이 더욱 크게 팽창하고 수용되는 이른
바 문화 폭발culture explosion 현상이 이 시기의 사회적 조류를 이
룬 점과 관련이 있다. 이를테면 대량생산의 물질적 증폭이 문
화 소비에까지 영향을 파급하는 산업화 시대의 개막이었던 셈

이다.

이러한 1970년대적 현상은 1980년대의 정치적 통치 체제와 마주치면서 상당한 변모의 양상을 보일 수밖에 없었고, 그리하여 우리가 추수한 1980년대의 대중문학은 곧 이념의 이름으로 쓰이는 지사적 풍모의 작품들이 주류를 이루었다. 이때까지만 해도 문학과 대중은 모양 좋은 관계 속에 있었고, 여기서 우리가 언급한 상업주의적 결탁의 나락으로 떨어지는 일과는 거리가 있었다.

그러나 우리가 다변화 또는 다원주의의 시대라 호명하고 있는 1990년대 이후, 그리고 21세기의 초입에 들어서서는 벌써 그 시대적 의미가 다르다. 전 시대와 같이 이념적 쟁투의 대상이 될 만한 정치체제도 사라져 버렸고, 전자매체와 컴퓨터의 진보가 공동체적 의식의 개별적 분리를 촉진하며, '무엇을 말하는가'라는 내용보다는 '어떻게 쓰는가'라는 기법이 더 위주가 됨으로써, 문학은 전통적인 창작 방법에 비추어 볼 때 바야흐로 격심한 위기의 국면으로 접어들게 되었다.

이와 같은 정체성의 위기 또는 자아 형성의 고정성 파탈擺脫, 그리고 쉽게 변동하는 시대를 응대하는 불안감 등이 문학에 여러 가닥의 진로를 예비해 준 모습이 된다. 이 시기의 특징적 성격을 딛고 일어선 포스트모더니즘도 그러한 불확실성·비정형성·탈일상성과 악수한 혐의가 짙다. 이러한 동시대 현실 그리고 문학의 다기한 움직임들이 유발한 우리 문학의 부정적 면모, 경박하기 이를 데 없어서 그 개선을 위한 진지한 노력이 지속적으로 요구되는 현상의 유형을 간추려 보면, 다음과 같은 논점들을 제시할 수 있을 것이다.

이념의 부재로 인한 문학의 방향성 상실과 문학이라는 예술 형식에 관한 흥미의 퇴화를 들 수 있다. 역사적이고 시대적인 전망을 상실한 문학이 당대적 합의에 의한 진로를 설정하지 못하고 표류한다. 그리고 따분하고 전통적인 형식의 문학보다 영상 매체나 만화 및 공포·괴기스러운 이야기를 더 선호하는 경향을 나타낸다.

예술성과 오락성 사이의 경계가 와해되고 전문 창작자의 권위와 자위력 약화를 들 수 있다. 문학의 대중 취향적 기반이 강화되고 순수문학 문인들의 대중문학 참여가 확산된다. 그 경계의 와해에 대한 경각심이 더 이상 예민하게 작동하지 않는다. 작가들도 고통스러운 창작 과정을 기피하며 심지어 표절, 혼성모방, 패러디 등을 하나의 문학 형식으로 내세운다.

소비적·실용주의적 독서 욕구가 증대하고 에로티시즘의 확산과 외설의 조장에 문제의식을 느끼지 않는 상황을 들 수 있다. 문학을 통한 영혼의 울림보다는 주식·증권 투자나 비문학적 사회관계에서 활용할 수 있는 지식의 축적을 선택한다. 에로티시즘에 있어서는 문학·연극·영화 등 예술 장르 전반에 걸친 옷 벗기기 추세와 그 분위기에 편승한 관능적 흥미 유발을 노리는 세태에 이르렀다.

복고적 취향의 저급한 소설들이 양산되는 등 순수문학의 명패를 과감히 내던지고, 이제는 이를 부끄러워하지 않는 문학 매체들의 이기적 집단주의를 들 수 있다. 창작 현장의 고통스러운 고민보다 손쉬운, 역사적 사건이나 인물을 소재로 극적인 구성을 동원한 흥미 위주의 독서를 노린다. 문학계의 판도도 문학적 의식의 동류와 관계없이 상업 출판사 중심으로 집단화·세력화 하는 배타적 문화 집단으로 재편된다.

등단, 출간 방식 및 문학상 제도의 상업주의화와 출판 광고의 상업성 극대화를 들 수 있다. 베스트셀러를 겨냥한 작위적인 기획 도서의 전작 출간 및 과다한 상금을 내걸고 그 반대 급부를 기대하는 상업주의적 문학상 시상 등이 시도된다. 또한 상업적 광고가 상품, 곧 문학작품의 본질을 대신해 버리는 부작용과 과대 포장으로 인한 독자들의 판단력 마비를 조장한다.

여기서 몇 가지 예를 든 이 논의 체계의 현장 적용은, 앞서 언급한 바와 마찬가지로 우리에게 여전히 '뜨거운 감자'의 존재 양식으로 남아 있다. 그러므로 우리 문학이 이러한 폐해를 극복하고 문학이 문학다운 체모를 유지하기 위한 논의는, 신실한 효용성을 인정받을 수 있을 것이다. 그 방안이 무슨 장엄한 정자관 따위를 쓰고 나타날 일은 아니다. 우리가 앞서 논의한바 우리 문학에 나타난 부정적 면모들을 대칭적으로 뒤집어 보면, 거기에 이미 구체적인 극복의 방안이 마련되어 있는 터이다. 물론 문제는 그것을 알아차리는 데 있는 것이 아니라 현실적으로 실천하는 데 있다는 점이다.

미상불 오늘날과 같은 이념적 방향성 부재의 시대에, 우리가 구체적으로 적시摘示해 보인 우리 문학의 경박성 문제를 쉽사리 해소할 수 있는 길과 그 가능성을 찾기는 어려워 보인다. 문학의 보편적 정서와 감각의 연장선상에서 내다보자면 그 앞날의 전망은 결코 밝지 않다. 황금만능주의의 잔영이 우리 삶의 미세한 뿌리에까지 침투해 있는 이 물질문명의 시대에, 정신이나 영혼의 영역이 아닌 한에서는 그야말로 '문약'하기 그지없는 문학의 힘으로 실제적 현상 변화의 거센 바람을 막아 내기가 어려워 보이기 때문이다.

이러한 상황에 있어서 문학이 가진 대처의 방략이란 그다지 신통한 것이 있기 어렵다. 다만 문학이 인간의 내면세계를 소중하게 받아들이고 그것을 통어하는 정신의 질서에 경의를 표하는 그 신뢰의 힘, 요컨대 판도라의 상자 맨 밑바닥에 남은 '희망'과 같은 그러한 힘에 기댈 수밖에 없다. 문학의 '정신주의'가 이 그로테스크한 대중소비사회 속에서 성한 데 없이 상처 입고 패배와 멸절의 예감으로 황량한 불모의 광장에 나선다 할지라도, 오히려 그 상황으로 인하여 활기찬 반탄력과 새로운 기력을 섭생하는 것이 정신주의의 개가凱歌일 수 있다는 말이다.

문학이 그 내부에 본능적으로 끌어안고 있는 이 반동적인 힘이 죽지 않았다면, 문학은 죽은 것이 아니다. 단정하여 말하건대 그럴 때의 문학은 희망이 있다. 아무리 전자매체·영상문화가 활자 매체·문자 문화를 압도하는 시대라 할지라도, 끝까지 문학을 고집하는 독자군은 비록 소수가 된다 할지라도 견고하게 남아 있다. 문학의 본질을 향한 그 꺼지지 않는 믿음의 열망, 그것을 각기의 창작실에서, 책 읽는 서재에서, 그리고 펼쳐진 논의의 마당에서 어떻게 살려 가야 할 것인가라는 과제도 거기에 함께 남아 있다.

인터넷문학의 새 길

　인터넷을 중심으로 한 가상세계는 이제 현실과의 조우를 넘어 우리 삶의 세부적 영역까지 침투하는 명실상부한 사회적 공간으로 자리 잡았다. 인터넷 쇼핑, 인터넷 뱅킹, 재택 강의, 사이버 대학 등 온갖 상거래와 금융거래에서부터 유아교육과 최고 고등교육이 모두 가능한 인터넷 교육 시스템에 이르기까지, 이는 오늘날 현대인의 원활한 사회 활동을 위한 일상적 아이템으로 기능한다.

　그뿐이 아니다. 이웃사촌도 옛말이 되어 버린 이 시대에 우리는 수많은 '일촌'들과 인터넷상의 우정을 나눈다. 바야흐로 수천 년을 일관해 온 인간관계의 패러다임이 인터넷으로 인하여 새 길을 열고, 그에 무관하거나 무심했던 사람들까지 이 상황으로부터 절연될 수 없도록 부지불식간의 압박을 가해 오고 있는 중이다.

20세기 후반에 하나의 징조로 시작되었던 이 시대적 흐름은 이제 돌이킬 수 없는 대세가 되었고, 문학의 경우에 있어서도 기존의 문학 판 안에서 인터넷상의 문학 행위가 중요한 화두이면서 동시에 실질 세력으로 등장한 지 벌써 오래되었다. 다시 말하면, 인터넷문학이란 대상을 두고 그것의 문학성이나 미학적 가치를 가늠하며 이를 문학의 본류에 편입시킬 수 있는가를 따지던 태도는 이미 오래전에 구시대의 유물로 전락한 형국이다.

인터넷문학과 사이버문학에 대한 연구 성과들을 꾸준히 축적해 온 소장 연구자들도 적지 않으며, 인터넷을 통해 대중의 인기를 구가해 온 아마추어 작가들의 작품이 베스트셀러가 되어 서점가에 유통되고 있다는 사실은 전혀 놀랄 만한 일이 아니다. 이 유형의 문학이 양산되는 것은 하나의 문화 현상 혹은 문학 현상으로 자리 잡았으며, 따라서 이제는 그 가치 여부를 논하는 기초 수준의 논쟁을 넘어서 이러한 문화 현상을 어떻게 규정하고 이해하며 발전시켜 나갈 것인가를 구체적이고도 객관적인 시각으로 고찰해야 할 지점에 이르렀다.

그러나 인터넷상의 사이버문학, 하이퍼텍스트문학, 디지털문화 등속이 과거의 문학 및 문화의 종말이나 완전히 새로운 문학 기술의 출현을 의미하는 것은 아니다. 그것은 문학적 패러다임의 새로운 이행 혹은 기존의 문학 이론에 대한 철학적 재해석의 성격을 갖는다. 문학이 새로운 시대에 적응하여 끊임없이 새로운 양식으로 변화해 왔다는 것은 문학사의 기본 명제에 속하거니와, 이 새로운 문학의 유형 역시 그와 같은 문학사의 근본적인 패턴에서 크게 벗어나지 않는다.

하지만 철학, 물리학, 생물학, 공학 등의 분야에서 엄청난 변화의 양상을 보이고 있는 이른바 디지털 혁명은, 단순한 변화가 아니라 그 패러다임 전체의 변혁에 속하는 문제임에 틀림없다. 따라서 인터넷, 사이버, 하이퍼텍스트, 디지털 등의 개념과 적용에 관한 새로운 면모를 살펴보는 데 그치지 않고 이 분야와 관련을 지니는 철학, 기호학 등 일반 인문학적 연구를 병행하여 21세기의 시대정신에 걸맞은 문화적 시각을 확립하는 것이 요구되는 때이다.

우리나라에서 형식적 특성과 내용적 수준이 두루 납득되는 본격적인 인터넷문학이나 하이퍼텍스트문학은 아직 좀 더 시간적 거리를 두고 기다려야 할 것으로 여겨지지만, 그러는 동안에 앞으로 컴퓨터 매체를 이용한 혁신적인 장르의 출현이나 그것의 유다른 표현 방식이 도출될지도 모르는 일이다. 이 분야의 기술을 산업화하는 데 있어 세계적 강국을 자랑하는 우리나라의 환경적 조건을 염두에 두면, 이는 그다지 무리한 추론도 아닌 셈이다.

이 분야의 문학 또는 문화적 이론은 1990년 후반부터 현재에 이르기까지 점차 활성화되고 있는 추세이나, 대부분은 외국 이론을 소개하거나 정리하는 저서가 중심을 이루고 있다. 작품의 생산에 있어서도 아직까지 인터넷 공간을 활용한 사이버상의 글쓰기가 주류를 이루고 있을 뿐, 그것의 양식적 특성을 충분히 이해하고 그 장점을 적극적으로 발양하여 창작 환경과 작품 자체가 조화롭게 악수하도록 하는 창작 행위는 요원한 형편에 있다.

그렇기에 인터넷 또는 그 관련 문학의 시대적 성격을 탐색하고 이 문학 및 문화가 갖는 세계관을 구명함으로써, 21세기의 새로운 장르 이해와 그 진로를 추적하는 연구가 하나의 주요한 과제가 되고 있는 것이다. 동시에 이 영역의 문학 및 문화가 필연적으로 마주칠 수밖에 없는 문학예술의 대중적 수용과 상품화라는 명제에 대해서도, 언필칭 문화산업과 전자 르네상스의 시대의 예술은 예술 창작자 자신이 의도하든 그렇지 않든 일정한 교환가치의 체계를 가질 수밖에 없다는 방향으로 인식의 진폭을 확대했으면 한다.

이는 그저 상업주의문학이나 문화산업 논리를 무비판적으로 수용하자는 뜻이 아니라, 예술과 상품의 경계를 구분하는 일이 어려워진 시대에 부박한 예술 풍조에 대한 비판을 앞세우기보다는 이를 적극적으로 수용하자는 의미이다. 다시 말해 동시대 또는 사회사적 변화의 논리를 체계화하며 그 시대적 성격

을 창의적으로 반영하는 바람직한 작품의 산출을 도모해 보자
는 제안인 것이다. 어떤 예술가 또는 문학 창작자도 자신이 뿌
리내리고 있는 생태적 문화 환경을 벗어날 수 없으며, 그 토양
을 바탕으로 예술 창작의 꽃을 피우고 열매를 맺을 수밖에 없
는 까닭에서이다.